カー
妻のため、
空飛
で
崖を飛び越える——？
宇宙船が遭難したけど、
目の前に地球型惑星があったから、
今までの人生を捨てて
イージーに生きたい
2
カール
「……おおおおお！」
ルディ

「排除します」
ソラリス

闇の世界!!
「これが師匠の本気!?」
ナオミ

ゴブリン一郎は何度か
逃走を企てようとするが、
その都度ルディに捕まって、
頭にチョップを喰らっていた。
フランツ
ゴブリン一郎

宇宙船が遭難したけど、目の前に地球型惑星があったから、今までの人生を捨ててイージーに生きたい……

2

水野藍雷
Airai Mizuno

illust. 卵の黄身

口絵・本文イラスト
卵の黄身

装丁
coil

CONTENTS...

一章　カールの家族

ルディがエデン惑星に降りてから、２カ月が過ぎた。

降りてすぐ、ルディは森の中一人で暮らす「奈落《ならく》の魔女」ナオミと出会い、魔法を使えるようになるため、彼女に弟子入りする。

ルディとナオミは、不時着した宇宙船ビアンカ・フレアを探索し、時には魔物と戦う。

ナオミのボロボロの家を見て、ルディは彼女と自分のために、豪華な丸太小屋を作ったりもした。

不時着したビアンカ・フレアで蘇《よみがえ》らせた管理ＡＩを「なんでもお任せ春子さん」というアンドロイドに移して、新たな同居人もできた。

季節は新芽が芽吹く春から、木々が萌《も》える初夏へと変わり、ルディたちが暮らす魔の森も緑豊かな森へと変貌《へんぼう》していた。

二人の親子が森の中の道なき道を歩いていた。

一人は年配の男性で名前はカール。

眼光の鋭い男性的な顔に無精髭《ぶしょうひげ》を若干生やし、風貌《ふうぼう》は歴戦の戦士を感じさせる。黒い革の服を着ていて、背中には大剣を背負っていた。

もう一人は十代前半ぐらいの少年、フランツ。

優しげな顔つきの少年で、青い目からは知性的な雰囲気が感じられる。

彼は水色の麻のローブを着ており、身長と同じぐらいの杖《つえ》を持っていた。

カールはニーナという奥さんと、子供三人を持つ五人家族。フランツはその末っ子だった。

カールの家族は全員が冒険者で、本当ならば貴重な素材を落とす魔獣の討伐依頼を受けていた。

だが、魔獣の目撃情報があった魔の森の入り口の村で突然ニーナが病気で倒れたため、宿屋で休ませる事にした。

都会から遠い辺境の村では医者も居らず、苦しんでいるニーナを宿屋で休ませていると、村の村長から森で暮らしている奈落の魔女へ、手紙を届けて欲しいと頼まれた。

奈落の魔女と面識のあったカールは、医療の知識がある彼女ならニーナの病も治せると考え、村長の依頼を快く引き受けた。

ただ、ニーナの看病もしなければいけないので、腕の立つ長男と回復魔法を使える次男を残して、自分とフランツだけで奈落の魔女の住む森へと向かっていた。


「フランツ、この方向で間違いないんだな」

先頭を歩くカールが振り向いて尋ねると、彼の後を歩いていたフランツが顔を上げた。

「うん。貰《もら》った地図だと、方向だけは合ってる」

「方向だけかよ！」

「仕方がないよ。だって、道がないんだもん」

「……まあな」

カールが前を向いて、道なき道を塞《ふさ》ぐ草木にため息を吐《つ》く。

夏になる前の季節は植物が成長する時期でもあり、本来ならあるはずの道は茂った雑草で見えなくなっていた。

「でも父さん。本当にこんな場所に奈落の魔女が住んでるの？」

フランツがこんな場所と言うのも訳がある。

この森は古くから強い魔獣が住む森と恐れられていた。その代表が宇宙船ビアンカ・フレアの中に居た斑《まだら》。そして、ルディがこの星に降りた時に襲ってきたドラゴン。

最近では、復讐《ふくしゅう》のために多くの人間を殺してきた奈落の魔女も、恐怖の対象に含まれている。

「知らん。依頼主が居ると言ってんだから、行くしかないだろう」

「父さんと母さんは奈落の魔女と一緒に組んで、戦った事があるんだよね？」

「昔、少しだけな」

「どんな人だった？」

「俺が知る限り、魔法使いとして最強だが、アレはあだ名の通り奈落に落ちている」

「相手がローランド人だったら、女子供でも殺すんだっけ？」

「それは噂《うわさ》で事実は分からん。だが俺が知る限り、アイツが無抵抗の人間を殺したのを見た事はない」

「ローランドに滅ぼされたフロートリアの姫だって噂もあるね。実際にローランドから賞金が……あっ」

前に進みながら会話をしていた二人だが、途中でフランツが強力な結界の気配を感じた。

「どうした？」

カールが振り返ると、フランツが難し気な表情で魔法を唱えていたが、唱え終わるとどこか諦《あきら》めた様子で頭を横に振った。

「強力な結界を感じて調べようとしたけど、少ししか分からなかった。多分このまま進んだら、気づかない内に方向を惑わされて迷子になると思う」

「……なるほど。つまり俺たちは無事に到着したんだな」

「うん。おそらくこの先に奈落の魔女が住んでいる」

「じゃあコイツの出番だ」

カールはそう言うと、村長から預かった鍵《かぎ》を懐から取り出した。

「さて、本当に道ができるのか楽しみだ」

村長から聞いた使い方通りに、カールが鍵を地面に刺したが何も起こらず首を傾《かし》げた。

「ん？　使い方を間違えたか？」

訝《いぶか》しんでいたカールだったが、しばらくすると鍵を刺した地面が光り始めた。

光がまっすぐ前へ進み、やがて一本の光る道ができた。

「こいつはすげえな。どんな魔法だ？」

魔法が苦手なカールが光の道に驚く後ろでは、カール以上にフランツが驚いていた。

「父さん。これ、本当に凄《すご》い魔法だよ」

「そうなのか？」

「領域を指定して地面に刺さないと発動しない条件、そして、結界を解除せずに光で道を作り出す……こんな複雑な魔法を小さな鍵1つに封じ込めるなんて普通できないよ」

「まあ、奈落だからな」

カールの返答に、フランツが目を丸くする。

「その一言で片付いちゃうの？」

「アイツ、1発の魔法で1000人以上の人間を焼き殺すぞ」

「……魔法は凄いけど、それ以上に1000人を一度に殺せる精神が怖いね」

「だから奈落に落ちてるのさ。さて、この光がいつまで保《も》つか分からん。先に進むぞ」

「分かった」

カールとフランツは会話を終わらせると、光る地面に沿って歩き始めた。


「……来客か」

スマートフォンから流れる音楽を聴きながら魔法薬を調合していたナオミは、知り合いの村長に渡していた鍵が発動したのに気づいて顔を上げた。

「しばらく行ってなかったから、生きてるか確かめに来たんだろうな」

ルディと会うまでのナオミは、備蓄の食料がなくなると、森の入り口の名もなき村で食料を調達していた。

今までは火傷《やけど》の顔と賞金首な事もあって、ナオミが夜中に村に赴いてこっそり受け取っていたのだが、ルディが来てからは全く村へは行かず、その事すらもすっかり忘れていた。

作業を中断してナオミがリビングに行くと、ルディとソラリスが向かい合ってチェスをしていた。

ルディはソラリスを嫌っている感じだが、午前中は戦闘訓練、午後はマナ回復薬の研究、夕方は料理を一緒に作る。

いつも行動を共にしていて、実は仲が良いんじゃないかとナオミは疑っていた。

「そこにナイトを置くですか……」

「最短、後19手でチェックメイトです」

「……待って欲しいです」

「時間の無駄です。おつかれさまでした」

待って欲しいと懇願するルディを無視して、ソラリスが片付けを始めた。

「……冷酷な女です。それでも育児アンドロイドですか？」

「筐体《きょうたい》は『何でもお任せ春子さん』なので育児アンドロイドですが、中身は軍用ＡＩなので、イエス・ノーで答えるならばノーです。ただし、育児プログラムはアンインストールしておりませんので、子供相手に愛想笑いを浮かべる演技はできます。お望みなら笑いましょうか？」

「上っ面だけ笑われても不気味です」

「ならこのままで。私は掃除の仕事があるので失礼します」

ごめん。そんなに仲は良くないかも……。二人の様子を見ていたナオミは、先程の考えを捨てた。

席を立ったソラリスが、リビングの入り口で様子を見ていたナオミに気づいて話し掛けてきた。

「ナオミ、仕事は終わったのですか？」

「まだ途中だ。それよりも誰かが家に向かってる」

「来客ですか？」

新築で暮らし始めてからの一カ月。来客は一人も来ず、突然誰かが来ると聞いてルディが驚いた。

「まあ、あれだ。宇宙人とかアンドロイドとかだと、バレないように気を付けろよ」

ナオミがそう言うと、ルディとソラリスが同時に頷《うなず》いた。


カールとフランツが光の道を進み、森を抜けて広場に出る。

広場は草が刈り取られて、丸太で作ったにしては大きな家と、その隣に小さな庭があった。

「こんな森に大きな家だと？」

「近所には誰も住んでないと思うし、一人で建てたのかな」

魔物が溢《あふ》れる森の中、一体どうやって建てたのか分からない。二人が警戒しながら家に近づくと、玄関が開いてナオミが姿を現した。

「誰だ？」

「……お前こそ誰だ？」

ナオミが二人を見下ろして声を掛けると、ナオミの正体が分からずカールが聞き返した。

「……ん？　待てよ。無精髭の方はどこかで見た事が……ああ、思い出した。お前、カールか？」

ナオミはカールの顔を見て何かが引っ掛かり、過去の記憶から、相手が一緒に組んだ事のあるカールだと思い出した。

「そうだけど、だからお前は誰なんだ？」

ところが、カールの方はナオミが誰だか分からず顔をしかめる。

「……ああ、そうだった。すっかり忘れてた」

顔の火傷痕《あと》が消えた事を忘れていたナオミは、左の髪の毛を下ろして顔半分を隠した。

「これで誰だか分かったか？」

「お前……奈落か！」

ナオミの顔を見て驚くカール。その後ろでは、フランツが彼女の美貌《びぼう》と服装に見惚《みと》れて、口を半開きにしていた。

「そのあだ名は気に入らん」

「そんなのはどうでもいい！　それよりも顔の火傷痕はどうした？」

ナオミが嫌いな二つ名で呼ばれて不満顔を浮かべる。そんな彼女に、カールが驚きを隠そうともせず質問してきた。

「見て分からんか？　治した」

「……得意の幻術じゃないんだな」

「違う」

「そうか……それにしても驚いた。火傷がなけりゃすげえ美人じゃねえか」

「煽《おだ》てても何もやらんぞ。それで、後ろに居るのはお前の息子か？」

「お？　分かったか」

「あれだけ家族の自慢を聞かされればな」

無精に見えるカールだが、実はかなりの家族思い。酒の席だとうんざりするほど家族の自慢をする癖があり、ナオミも被害者の一人だった。

「こいつはフランツ、三男坊だ。俺に似てるだろ。冒険者になりたてだが、魔法の才能があって将来は有望だぞ」

「は、初めまして。フランツです！」

カールは背後に控えていたフランツを押し出して紹介すると、フランツはしどろもどろでナオミに頭を下げた。

「カールに似なくて良かったな。それで、今日は何の用だ？」

「森の入り口の村の村長から手紙を預かってる。それと、ニーナが病に倒れて苦しんでいるんだ。お前、確か医者よりも病気に詳しかったよな。頼む、ニーナを助けて欲しい」

カールの頼みを聞いたナオミが顔をしかめた。

ニーナか……アイツは色々と気遣ってくれたからな……。

本当は誰も家に入れたくなかったが、カールの妻のニーナは、多くの人間が火傷痕の残る顔を見て避ける中、自分に優しくしてくれた数少ない友人だった。

そして、彼女は冒険者時代に恩もあり、できれば助けたかった。

「分かった。ニーナのためなら仕方がない。まずは彼女の症状を聞きたいから中に入れ。茶ぐらいは出してやるよ」

ナオミは二人にそう告げると、家の中へと入った。

「すまねえ、助かる。フランツ、入るぞ」

「う、うん」

カールとフランツがナオミの後に続いてリビングに入ると、その広さに驚いて部屋中を見回した。

「他人の家の中をジロジロ見るな。失礼だぞ」

ナオミが文句を言うと、何故《なぜ》かカールに睨《にら》まれた。

「奈落《ならく》、誰も住んでいない森の中にこんな豪華な家と家具があるんだぞ。これが驚かずにいられるか！」

カールに言い返されて、ナオミも最初に家に入った時は、彼と同じ気持ちだったなと思い出し苦笑いを浮かべた。

「他人の家で大声を出すな。ぼさっと立ってないで、ソファーに座れ」

ナオミに促されて二人がソファーに座る。

すると、ソファーのスプリングが利いて、その弾力に二人はまた驚いた。

フランツは奈落の魔女に会えると聞いて、興味はあったが、同時に恐怖心も抱いていた。

今まで耳にしたナオミの噂は、顔の半分が焼《や》け爛《ただ》れた醜い魔女で、殺戮《さつりく》を好み何千もの人間を容赦なく殺し、多くの魔物を従わせている。性格は残虐非道で、ほんの少しでも逆鱗《げきりん》に触れようものなら、命がないとまで言われていた。

だけど、実際に彼女と会ってみれば、顔には火傷の痕などなく、知的な美人、ついでに服装がエロい。

どことなく不機嫌そうだけど、父親と話しているナオミは普通の女性で、残忍な性格だとは思えなかった。

なお、ナオミは別に不機嫌ではなく、家とルディの秘密がバレないかと、警戒しているだけだった。

カールから村長の手紙を受け取ったナオミが、足を組み替える。彼女のスリットスカートが捲《まく》れて太ももがチラリと見えた。

この星の女性の下着といったら、太ももの半ばまで覆ったドロワーズが主流。

見たら駄目だ!!

ナオミの色気のある太ももを見てしまった思春期真《ま》っ只中《ただなか》のフランツは、顔を真っ赤にして慌てて視線を逸《そ》らす。

顔を背けた視線の先で、キッチンカウンター越しに顔を半分だけ覗《のぞ》かせて、こちらを窺《うかが》っているルディとソラリスと目が合った。

「……誰?」

フランツに気づかれた二人は慌てて隠れるが、時既に遅く、バレバレだった。

「……ん?」

フランツの声にナオミが彼の視線を追うと、キッチンカウンターの奥から、ルディとソラリスのコソコソした話し声が聞こえてきた。

「……見つかったです」

「だから地下に隠れていた方がいいと言ったでしょう」

「だけど気になる、仕方ねーです」

「それでバレたら、身も蓋《ふた》もございません」

「そもそも家に入れろとか、ししょーが悪いですよ」

二人の声が次第に大きくなり、ナオミとフランツだけでなくカールも二人に気が付いた。

「なあ、奈落。あの二人は誰だ」

カールの質問にナオミは答えず、手で頭を覆って深くため息を吐《つ》いた。


「二人とも出てこい！」

ナオミが呼ぶと、隠れていたルディとソラリスがリビングに入ってきた。

「まったく……隠れていろと言ったのに……」

悪びれた表情を浮かべるルディと、彼とは反対に無表情のソラリスに呆《あき》れて、ナオミがもう一度ため息を吐く。

「この二人は奈落の同居人か？」

「弟子のルディに、召使のソラリスだ」

カールの質問にナオミが仕方がなく答えると、彼は驚き目を見開いた。

「人間嫌いのお前が弟子だと⁉」

「……まあな。それよりも丁度良い。ソラリス、二人に茶を出すのを忘れたから用意して……」

「かしこまりました！」

逃げる口実ができたソラリスが、そそくさとキッチンに姿を消す。

なお、頭を下げながら踵《きびす》を返してキッチンに逃げるまで僅《わず》か1秒。あっという間の出来事だった。

「お前だけずるいです！」

残されたルディは、一瞬で消えたソラリスを卑怯者《ひきょうもの》だと恨んだ。


奈落の魔女の弟子だと聞いて、ルディを観察していたフランツは首を傾《かし》げていた。

彼が首を傾げたのにも理由がある。魔法を使うためには体内にマナが必要。高名な奈落の魔女の弟子だというからには、ルディは魔法の才能があるはず。

それなのにフランツの見立てでは、ルディの体からマナを感じられなかった。

フランツが不思議に思っていると、カールがルディに話し掛けた。

「ルディ君と言ったな。初めまして。俺はカール。そして、隣が息子のフランツだ」

「初めまして、僕、ルディです」

カールの挨拶《あいさつ》にルディがペコリと頭を下げる。

その丁寧な挨拶に、カールとフランツが笑みを浮かべた。

「ずいぶんと行儀の善《よ》い子供だな」

「いや、違う。彼はこの辺の言葉に不慣れなだけだ」

カールがナオミに話し掛けると、彼女が苦笑いを浮かべた。

「そうなのか？」

ナオミの返答にカールがルディの服装を見れば、ルディは異国の格好をしている。おそらく、遠く離れた土地からやってきたのだろう。

「話せば分かる、滅茶苦茶で酷《ひど》いぞ。ルディ、カールは私が冒険者だった頃の知り合いで、名の通った剣士だ。フランツの方は初対面だが、そうだな……私の見立てでは、成長途中だけど魔法の才能はありそうだ」

高名な奈落の魔女から褒められて、フランツが嬉《うれ》しそうな表情を浮かべる。

そして、ルディに挨拶をしようと話し掛けた。

「ルディ君、初めまして。僕はフランツ。奈落の魔女様からどんな魔法を教わってるんだい？」

「座学です」

「座学？」

予想外の返答にフランツが目をしばたたいて、それを聞いていたナオミがクスリと笑った。

「基礎は大事よ。ししょーと酒飲め、その時、話し色々聞いてろです」

「…………」

フランツがルディの言葉遣いに驚いていると、カールが大声で笑い出した。

「あっはははは。本当に滅茶苦茶な喋《しゃべ》り方だな。ルディ君、お前は北の出身か？」

「何故に気付いたなです!?」

ハルが設定した北の国から来た冒険者を、ずばり言い当てたカールにルディが驚く。

「昔、ノーザンパレスという北の都のさらに奥の辺境から来た冒険者と会話をした事があるんだ。そいつもお前と同じ喋り方だったぜ。こっちにはどうやって来たんだ」

カールの話にルディは心の内で「コイツ、やべえ」と警戒する。

「ルディ、お前も座れ。カールの奥さんが病に倒れて、その症状を聞こうとしていたところだ。お前も話を聞いて、何か気づいたら教えてくれ」

正体がバレるかもとルディが焦っていると、横からナオミが助け舟を出した。

それにホッとして、ルディもソファーに座った。


「失礼します」

ソラリスが紅茶を持ってリビングに現れ、全員に配るとそそくさと壁際に控えた。

『お前、すぐに下がるなんて卑怯だぞ』

『表に出ないのはメイドの仕様でございます』

『ぐぬぬ……』

ルディが電子頭脳を通してソラリスに文句を言えば、当然な行動だと言い返されて歯噛《はが》みする。

「さて茶も出したし、そろそろニーナの容態を聞かせてくれ。彼女はどんな感じなんだ？」

「ああ。ニーナか……」


カールは出された紅茶が美味《うま》くて驚いていたが、正気に戻って話し始めた。

「状態が悪化したのは5日ぐらい前だ。それまでも体調が悪かったらしいんだが……アイツ、俺たちに迷惑を掛けたくないとずっと黙っていやがった。それで症状は嘔吐《おうと》と発熱、それと下腹部の辺りが痛いらしい。今はベッドの上で横になって苦しんでいる」

その後もカールからニーナの症状を聞いていたナオミだが、次第に彼女の表情が青ざめていった。

「もしかしたら、ニーナは子宮に問題があるかもしれないな……」

「俺は病気に詳しくないから教えてくれ。もし子宮に問題があったら、ニーナは助かるのか？」

カールの質問に、ナオミは悲愴《ひそう》な表情を浮かべて頭を左右に振った。

「……私にできるのは残りわずかな時間、彼女を苦しませずにさせてやるだけだ」

「マジかよ……」

ナオミなら治せると思っていたカールが驚愕《きようがく》して頭を抱える。

隣のフランツも驚いて、頭が真っ白になっていた。


落ち込んでいる二人の様子に、ナオミが困った表情を浮かべて視線をルディに向ける。

ナオミも少し前まで癌に侵されていた。だが、ルディが持ち込んだ科学医療で彼女の怪我《けが》と病気は治った。もし、それをニーナに使えば、彼女の病気も治るだろうと考えていた。

ルディもナオミの視線から、彼女の考えている事が分かっていた。

だけど、ニーナを治療するためには治療培養液に入れる必要がある。もし、治療をするとしたら、自分が宇宙から来た事がバレる可能性がある。

それはできれば避けたい。なので、ルディはナオミから頼まれても断るつもりだった。

「ニーナは私の恩人なんだ」

「ししょー？」

突然話し掛けてきたナオミにルディが眉《まゆ》をひそめる。

「私が奈落の魔女と言われている事は話したな。カールとニーナに会った当時の私は、火傷《やけど》のある醜い顔、膨大な魔力、自暴自棄だった故の残虐性。他人は私を恐れ、私もそんな人間を憎んでいた。そう、本当に奈落に落ちていたんだ」

ナオミの真面目《まじめ》な話を真剣な表情で聞いているルディだが、心の中では「やべえ、チョー格好良い。一度でも言ってみたいセリフ」と、アホな事を考えていた。

「そんな私にニーナは優しく接してくれた。それで私も、まあ……良心というのをほんの僅かだけ取り戻したんだ」

そう言ってナオミがふっと笑った。

「今のししょー、面白い……面白い？　違う、優しいですよ」

「おい、今のは言い間違いじゃなくて、本音が出ただろう」

ナオミが睨むと、ルディがプルプルと頭を左右に振った。

「些細《ささい》な間違いです」

「……まあいい。私はできればニーナを助けたいと思っている。だけど、最終的にどうするかはルディに任せるよ」

「ししょー卑怯です」

人の生死の責任を押し付けたナオミを、ルディが睨む。

「ふふふっ、嫌われたかな？」

ナオミが少し寂し気に笑い、冷めかけた紅茶を飲む。

「その程度で嫌いにならぬですよ」

ルディがふんっと鼻息を鳴らした。

カールは二人の会話に含まれている駆け引きを理解していない。

だが、ナオミはルディならニーナの病気を治せると確信しており、その判断をルディに委ねた事だけは把握していた。

「ルディ君！　君がどうやってニーナを治すのかは分からない。だけど、奈落《ならく》の魔女が君なら治せると確信しているから、きっと何か方法があるんだろう。頼む、俺の妻を救ってくれ！　もし救ってくれるなら、俺の命だって差し出す‼」

カールがソファーから立ち上がり、床に座るや土下座してルディに頭を下げる。

それを見ていたフランツも、カールと同じく土下座をして頭を下げた。

「お願いします。母さんを助けてください！」

必死に頭を下げる二人の様子に、ルディはどうするか迷っていた。

先程話していたニーナの症状を聞くかぎり、子宮に腫瘍《しゅよう》があるのだろうと、ルディは判断していた。そして、我慢していたのに苦しみ出したという事は、病魔が深くまで進行している状態なのだろう。

もちろんルディはニーナと面識などない。だけど、彼女はナオミの心を救ってくれた恩人らしい。ルディからしてみれば、ナオミの恩人だろうが、わざわざ自分の正体をさらしてまで、見ず知らずの人間を助ける義理などない。だから、本当ならば見捨てたかった。

だけど、今、目の前でカールとフランツが初対面の自分に対して頭を下げている。

人工受精で試験管から生まれ、家族の愛を知らずに育ったルディは、二人の行動が理解できなかった。

『マスターいけません。彼らの頼みを聞いたら、こちらの正体が露見します』

今までの話を聞いていたハルが、ルディの電子頭脳に話し掛けてきた。

『そんな事、言われなくても分かってる』

『でしたら見捨てるべきでしょう』

『そうだな……多分、お前の言ってる事が正しいんだろう。だけど、お前にも目の前の二人が見えるか？　身内を救うために初対面の俺に頭を下げている。しかもカールは自分の命を差し出すとまで言ってきた』

ルディは宇宙に居た頃、テレビのドラマなどで、今と似たようなシーンを何度か見た事がある。だけど、見るのと実際に経験するのでは、心に伝わる思いは天地の差があった。

『自分が死んだら結局会えなくなります。非常に非合理的です』

『もしかしたら、それが愛というヤツなのかもな』

そうルディが言うと、ハルの返答が遅れた。

『……ＡＩの私には理解不能です』

『安心しろ、俺もだ』

ルディはハルとの会話を終わらせると、土下座を続けているカールに話し掛けた。

「カールさん、命を差し出す言いやがりました。それ、本当ですか？」

「もちろんだ。ニーナの命が助かるなら、俺の命なんていくらでもやる！」

ルディの質問に、カールが顔を上げて答えた。

「だったら今回だけ、条件ありで助けてやるです」

「本当か？」

目を輝かせるカールとフランツとは対照的に、ルディの目は冷めていた。

「ルディ、本当にいいのか？」

問いかけるナオミに向かってルディがため息を吐《つ》く。

「それ、ししょーが言うですか？　まあ、今回は特別です。カールさん、この家が秘密……が？

がーがー……この家の秘密ぜってー喋るなです。もし喋ったらぶっ殺す、これ本気ですよ」

「その時は私も協力しよう」

ルディの話にナオミが頷《うなず》く。

「分かった。もちろん秘密にしろというなら、俺は家族にも話さない！」

「僕も喋りません！」

カールの後にフランツも続けて約束を誓う。

「だったら契約結ぶです」

「契約？」

「カールの胸に爆弾埋めろ……ろ？　違う、埋めるです」

「なっ！」

その提案に全員驚いているけど、ルディは怯《ひる》む事なく話を続ける。

「爆弾、特定のワードを言う、爆発する仕掛けです。爆発したらカール、確実におっちぬです。それでも助けたいですか？」

ルディはそう言って脅すが、カールは迷わず頷いた。

「もちろんだ！　俺は命をやると言った、必ず約束は守る」

「父さん！」

カールの隣でフランツが叫ぶ。それでもカールの意思は揺るがず、ルディのオッドアイを真剣な眼差《まなざ》しで見つめていた。

「じゃあ助けてやるです。フランツは……今回はサービスで爆弾なしよ。だけど、喋るなです」

「絶対に喋りません！」

「ルディ君、ありがとう。本当に感謝する」

「感謝はニーナの命、救った後、言いやがれです」

カールとフランツがもう一度頭を下げると、ルディは二人の頭を上げさせた。

少し落ち着いたところで、ソファーに座ったカールが口を開いた。

「それでどうやって治すんだ？」

「カールの奥さん、ここに拉致《らち》するです」

「拉致じゃなくて連れてくるだろ」

ルディのボケにすかさずナオミがツッコミを入れる。

「そうとも言うです」

「連れてきたらどうするの？」

フランツの質問にルディが人差し指を自分の口に押し当てた。

「そっから先、シークレットです」

「はぁ……」

「それよりも問題あるます。ニーナ今、どこ居るですか？」

「森の入り口の村だ。ここからだと歩いて2日は掛かる」

質問にカールが答えると、ルディは周辺の地図を電子頭脳の中で表示して確認する。

そして、村までの距離が59㎞も遠く離れている事に顔をしかめた。

「もしかして、歩いて往復、間に合わぬです。ソラリス、エアロバイク用意しやがれです」

ルディの言うエアロバイクとは、森の探索用に宇宙船ナイキから運んだ、宙に浮く二人乗りのオートバイで、今は家の地下倉庫で眠っていた。

「かしこまりました」

ルディの命令に、部屋の隅で控えていたソラリスが頭を下げて地下へと向かった。

その後ろ姿を見ながら、ルディが電子頭脳を通じて彼女に話し掛けてきた。

『……そういえばお前は何も言わないな』

『私も同意しかねますが、艦長の指示が最優先でございます』

『なるほど。実にお前らしいよ』

『仕様でございます』

ソラリスとの会話を切って、ルディがカールに話し掛ける。

「僕一人で行く、ニーナと面識ねえから完全な拉致事件になるですよ。だから、カール一緒に来やがれです。フランツはお留守番してしょーと戯れてろです」

「今回の私は役立たずだな。いいよ、暇だからフランツの魔法を見てやろう」

ルディの話にナオミが頷く一方、一緒に行けないと聞いたフランツが慌てた。

「えっ？　僕は行けないんですか？」

「ルディ君。何故《なぜ》フランツを置いていくんだ？」

フランツとカールが疑問を口にする。

「エアロバイク、二人乗りです。帰り無理してニーナ運ぶで限界ですよ」

「そのエアロバイクが、何か分からん」

「見せてやろうから、付いてこいです」

ルディが玄関に向かって歩き出す。その後をカールとフランツが慌てて追った。


外に出ると、家の前にはソラリスが運んだエアロバイクが置いてあった。

エアロバイクの見た目は、車輪のないオートバイ。車輪の代わりに、半重力で地面から少し浮く仕様だった。

ルディがエアロバイクに近づくと、エアロバイクの傍《そば》で控えていたソラリスが、そっと小さな箱を差し出してきた。

「こちら、応急キットです」

「お前にしては気が利くですね」

「ハルから持っていけと言われました」

「さすがハルです」

「私ではできない仕様でございます」

「諦《あきら》めてんじゃねえよです」

ルディはソラリスをひと睨《にら》みしてから、応急キットをエアロバイクのサイドボックスにしまった。

「カールもはよ乗れです」

ルディがバイクに跨《また》ってカールを呼ぶ。だが、彼は初めて見るエアロバイクが何か分からず動揺していた。

「これに乗るのか？」

「これ以外に何乗るですか？」

「いや、そうだけど……コイツは何なんだ？　車輪もないし、どうやって動くのか全く分からん」

「ししょーが作った乗り物です。安心しろです」

「奈落がか？」

もちろんカールを安心させるための嘘《うそ》。

「はい――!?」

後ろで様子を見ていたナオミが、急に嘘の話を振られて変な声を上げた。

「奈落……お前、人里離れてから色々と変わったな」

「……そ、そうか？」

「ああ、だが悪くない。お前、いい女になったぜ！」

カールは冗談を返すとルディの後ろに乗り、ナオミが顔を赤く染める。

「馬鹿野郎。早く行ってニーナを連れてこい！」

「言われるまでもない。ルディ君、行こう！」

すげぇ。これがイキってヤツか……。

カールのセリフを聞いたルディが振り返り、彼を尊敬の眼差しでじーっと見た。

「……ルディ君、どうした？」

「何でもないです。しっかり捕まって……タイーホ。違う、掴《つか》まってろです」

ルディがエアロバイクのエンジンを起動させる。

エアロバイクが震え、地上から少しだけ宙に浮き上がり。空圧で周りの草花が揺れた。

「おおっ！」

カールとフランツがバイクの様子に驚いた。

エアロバイクが空中で目的地の村の方角へと向きを変える。

「ししょー、行ってきますです！」

「無事にニーナを連れて帰ってこい！」

「もっちもちのロンです！」

ルディがアクセルグリップを回し、エアロバイクが地上すれすれの空を走り出す。

「うわあぁぁぁぁ‼」

エアロバイクはカールの絶叫と共に森の中へ消えていった。


ルディとカールを乗せたエアロバイクが森の中を駆ける。

ルディはナイキから立体地形地図を、エアロバイクからは安全サポート機能を電子頭脳で受信して、時速70㎞を超えるスピードで木々の間をすり抜けていた。

初めのうちは木に衝突しそうになる度に叫んでいたカールだったが、彼も歴戦の戦士だけあって、次第に慣れてくると今の状況を楽しみ始めた。

「こんなに速く走れるなんて、コイツはすげえな！」

「森の中だから速度落としとるです。本気だぜ時速350㎞ぶっ飛ばせるですよ」

「その時速ってのが何か分からねえが、もっと飛ばせるのだけは分かったぜ！」

エアロバイクを走らせていると、前方に倒木が見えてきた。

「頭下げろです‼」

ルディの指示にカールが頭を下げる。

倒木の下をエアロバイクが高速で潜り抜けた。

「うっほぉ――――！」

カールが振り返って冷や汗を掻《か》く。だけど、その顔は笑っていた。

「それで村まではどれぐらいだ？」

「普通に行けば、ぐるっと回って2時間です。だけど、近道しろですよ」

「近道……まさか崖《がけ》を飛び越えるのか？」

ルディの話にカールが驚く。

森の入り口の村とナオミの家の間には、大地を裂くような崖があった。本当ならば、村からナオミの家に行くためには、大きく南にまわって崖を迂回《うかい》する。

「そのまさかです！」

だが、ルディはその崖を飛び越えると答えた。

カールはルディの返答に驚くが、すぐにニーナの事が頭に浮かぶ。

俺はコイツに命を預けたんだ。今更、何をビビってやがる！

一瞬の迷いはすぐに失《う》せ、カールはルディに大声で叫んだ。

「よし、ぶっ飛ばせ‼」

「ビビッて、おしっこちびるなです！」

カールの返答に、ルディも大声で叫び返した。


崖が近づき、ルディがエアロバイクの速度を上げる。

狭い木の間を抜けると、目の前に幅60ｍの大地の裂け目が現れた。

「しっかり掴まれです！」

カールがルディの体にしがみつく。

バイクを覆う森の葉がなくなり、太陽の光を浴びてエアロバイクが輝いた。

車体が大きく跳ね上がり、空を飛ぶ。

突然の太陽の光に視力を奪われたカールの目が回復すると、エアロバイクは崖の上を飛んでいる只中《ただなか》だった。

「……おぉぉぉぉ！」

空を飛んでいる事に興奮してカールが歓声を上げる。

遥《はる》か下を渓流が流れており、顔を上げれば対岸の崖が近づいていた。

エアロバイクが反対側の崖に着地してバウンドする。

ルディはブレーキグリップを捻《ひね》りながら、エアロバイクを回転させて停止させた。

「結構危ねぇかったです」

「……そうだな」

カールは空を飛んで楽しかったが、崖を振り返って思い返すと全身から冷や汗が流れた。

「ルディ君。俺たちチョット調子に乗りすぎた気がする」

「……確かにそんな気がするです。こいつは、出発した時に煽《あお》ったしょーが悪いです」

ルディは暴走の原因をナオミのせいにすると、先ほどよりもほんの僅《わず》かだけ速度を落として、森の中を駆け出した。

◆

「ハクション！」

その頃、ルディから謂《いわ》れなき中傷を受けたナオミは、家のテラスで大きなくしゃみをしていた。

「奈落《ならく》様、大丈夫ですか？」

「……大丈夫だ」

フランツが心配して声を掛けてきたが、彼女は手を左右に振って何事もないと答えた。

ナオミはカールにフランツの魔法を見てやると言ったが、彼女は今まで弟子を取った事も誰かを指導した事もなかった。

唯一弟子にしたルディに至っては、マナがないから魔法を使えず、師匠として何かしたかといえば、酒の席で魔法について語った事ぐらいである。

ナオミは師匠としてこれはどうなのかと疑問を抱いていたが、ルディが「座学は大事です」と、満足している様子だったので、「まあ、いっか」と思っていた。

という事で、人にものを教えた事のないナオミは、まずフランツに魔法を見せろと言って、庭に人型の的を魔法で作り出した。

フランツは、ナオミがいとも簡単に土魔法で的を作ったのに驚いたが、「分かりました」と答えて、的に向かって得意な風系の魔法を披露した。

カールが自慢するだけあって、ナオミの目から見てもフランツは優秀な方だと思った。

威力を落とさず無駄なマナの消費を抑え、集中力も十分だから外す事なく風の刃《やいば》を的に当てていた。

ナオミはフランツの魔法を見ながら、彼と同じ歳《とし》だった頃を思い出す。

あの頃の私はマナの消費など考えずに魔法を放っていたな……ハッ！　教える事ないじゃん‼

特に教える必要がない事に気づいてナオミは頭を抱えていた。

一方、フランツは何度魔法を当てても壊れない的に、悔しがっていた。

「え――！　今のでも壊れないんだ……。一体、あの人形にどれだけのマナを込めたんだろう？」

ナオミの膨大なマナで作った人型の的は、フランツが全力を出しても壊れないぐらい頑丈だった。

それでフランツのナオミに対する評価は上がっていたが、頭を抱えている本人は全く気づいていなかった。

「もういいよ。こっちで休憩しな」

「あ、はい」

ナオミはフランツの魔法を一通り見た後、彼をテラスのテーブル席に座らせた。

「スポーツドリンクでございます」

「スポーツ？　え？　あ、ありがとうございます」

フランツが席に座ると、ソラリスが彼に冷たいスポーツドリンクを差し出した。

「……美味《おい》しい」

フランツが初めて目にする白い飲み物を飲んでみると、意外と美味しく、気が付けば一気に半分以上飲んでいた。

「それで奈落様。僕の魔法はどうでした？」

「……普通だった」

フランツから問われてナオミが答えると、彼はあからさまに落ち込んだ。

「普通ですか……」

「基本はできている、後は……アレンジだな。先ほどは風の刃を飛ばしただけだが、そこに独創性を持たせれば面白くなる」

「独創性？」

刃を飛ばすだけの魔法にどんな独創性を持たせればいいのか分からず、フランツが首を傾《かし》げる。

「例えば、フランツの風の刃は透明だったが、それでもマナを感知すれば、どこから飛来するのか分かる」

「はい」

「そこで刃に色を付けてみる。人間はマナの感知より視覚情報を優先するから、色の付いた刃を飛ばし、途中で分裂させて色のない刃を発生させる。すると、相手は色の付いた刃に意識が向いて無色の刃に気づかない場合が多い。このようにな」

ナオミは説明した後、自分でも魔法を詠唱して、赤い色の付いた風の刃を飛ばした。

風の刃はまっすぐ的に向かって飛んでいくが、途中で跳ね上がって的を外す。だけど、いつの間にか色の付いた刃から無色の別の刃が複写されており、その刃が的を上下に切断していた。

「……凄《すご》い」

初めてナオミの魔法を見たフランツは魔法の独創性に驚き、さらに自分が壊せなかった的をいとも簡単に真っ二つにした威力にも驚いていた。

「とまあ、こんな感じだ」

「参考になります」

ナオミに対して、フランツが尊敬の眼差《まなざ》しで見つめていた。

「……では座学だ。お前の魔法からどんなアレンジができるか一緒に考えよう」

「はい！」

フランツは、ルディから聞いた「座学」の意味を理解して頷《うなず》いた。

一方、ナオミはこれで「いいのかな？」と思いつつ、フランツが満足している様子だったから、「まあ、いっか」と思っていた。

◆

ナオミの家を出発してから1時間。太陽は西に傾き始め、空は茜色《あかねいろ》に染まっていた。

ルディは病気のニーナが滞在している村まで、残り1㎞の距離でエアロバイクを停めると、茂みに隠す。

アナログの指時計で時刻を確認すると、指輪は午後5時12分を指していた。

「エアロバイク発見されたらマズイです。ここから先はとっとと歩けです」

「そうだな。早くニーナを連れて帰りたいが、騒ぎになっても面倒だ」

「そういう事です」

ルディの案にカールも同意して、二人は村に向かって歩き出した。

「ところでルディ君」

歩き始めてすぐにカールが話し掛けると、ルディが頭を横に振って話を遮った。

「カール年上だから、僕に君はいらんですよ。むしろ、僕が呼び捨て失礼です。カール……殿、貴殿、先輩、様？」

ルディが腕を組んで悩むが、実際にはルディの方が倍近く年上。だけど、カールに実年齢を教えたところで意味はない。ルディはカールを年上として扱った。

「いや、敬称は不要だ。ルディ君は何か重要な秘密をさらけ出してまで、妻の命を救おうとしている。尊敬する人間に年上、年下は関係ない」

カールが苦笑いを浮かべて答えると、ルディがキョトンとした表情で、カールをマジマジと見つめた。

「呼び捨て怒らないですか？」

「見知らぬガキから呼び捨てされたら怒るけど、ルディ君は特別だ」

「……冒険者、もっとガサツでずぼらな人間、思っていたです」

「はっはっ。その考えは間違いないぞ」

ルディの返答が面白く、カールは声を上げて笑った。

「それで話、何ですか？」

「そういえば忘れてた。報酬をまだ決めてなかっただろう」

カールの話にルディが首を傾げる。

「報酬？　何のです？」

「ニーナの命を救った時の報酬だ」

「それならカールの命の……のちゃう、が代償ですよ」

「いや、それはルディ君の秘密を喋《しゃべ》らない契約であって、ニーナを救ってくれる報酬とは別だろう」

「カール、律儀ですね」

ルディがそう言うと、カールが笑みを浮かべた。

「それだけ妻を愛しているのさ」

「他人に自分の妻への愛を語る精神、ちょっと理解できないです」

「ルディ君も、結婚したいほど愛する人ができれば分かるさ」

「興味ねーからどーでもいいです」

子供が作れないルディに結婚願望はない。カールの話に全く興味がなかった。

「ん？　なんか話が横に逸《そ》れたな」

「そーですね」

「確か、ルディ君の報酬の件だったな」

「欲しい物……特にねえですよ」

「そうなのか？　一応、俺もそこそこ有名な冒険者だから、金ならある程度持ってるぜ」

「銭いらんです」

カールは謙遜《けんそん》しているが、彼は冒険者として名が知られていた。

出身国に行けば、英雄として尊敬されるぐらいの人物なので、こう見えても貧乏貴族以上の金は稼いでいる。

だけど、この星の通貨は簡単な構造なため、ルディはナイキで作ろうとすれば経済が崩壊するぐらい作製可能なので、特に欲しいとは思わなかった。

「ふむ……欲がないな」

「しいて言えよ、そっとして欲しいです」

「……もしかして、訳ありか？」

「かなーり」

カールの疑問にルディが頷き返す。

「なるほどね。存在を秘密にするのが、君にとって最大の報酬って事か」

「ご理解しろ感謝」

「分かった。だけど報酬は払おう。俺の命で」

「……？」

「もし何か助けが必要な時は冒険者ギルドを通じて連絡をくれ。その時はどんな用事があってもいの一番で駆け付けよう」

「気持ちだけ受け取ってやるです」

ルディがそう答えると、カールは納得したのか頷いた。


二人が村に近づくと、なにやら村の中が騒がしい様子だった。

「……嫌な予感がするです」

「もしかして、ニーナに何か異変が⁉」

「まてーいです」

慌てて走り出そうとするカールをルディが止める。

「村全体が騒げな感じ、多分ニーナ関係ないですよ」

ルディの指摘にカールも冷静さを取り戻した。

「……うーむ。確かにそんな感じか？」

「妻が大事でも落ち着けです」

「ああ、すまん。それで、あの騒ぎだが、ここからだと状況が分からん。近づこう」

「だったら、僕、目立たないようにするです」

ルディはそう言うと、ロングコートのフードを深く被《かぶ》って顔を隠した。

「それがいい。いざとなったら俺が対応するから、できるだけ喋らないでくれ」

「任せたです」

二人は気配を消して、誰にも見つからずに村へと侵入した。

ルディとカールが村に入って騒ぎの方へ近づくと、村の中央で老人と身なりの良さげな青年が口論をしていた。

その二人を四人の兵士が囲み、さらに村人が彼らを囲んでいた。

老人は兵士に両脇を抱えられて身動きを封じられており、身なりの良い青年が老人の胸ぐらを掴《つか》んで、時折拳《こぶし》で老人の顔を殴っていた。

「あれは村長だな」

カールが老人に視線を向けて小声で話す。

「状況が理解できぬです」

「俺も同じだ」

ルディとカールは早く宿に行ってニーナと会いたかったが、生憎《あいにく》と騒動は宿屋の目の前で行われていて、近づこうにも近づけなかった。

「あそこが宿屋だけど、これじゃ近づけないな」

「営業妨害、他所《よそ》でヤレです」

囲んでいる村人の後ろでカールが呟《つぶや》き、背が低いルディはピョンピョンと飛び跳ねて様子を見ようと頑張っていた。

「なあ、一体何が起こっているんだ？」

しびれを切らしたカールが目の前の男性に話し掛けると、男性は振り向いて、村人ではないカールに驚きつつも、小声で事情を話し始めた。

「いや、オラも詳しく分からねえんだが、領主様の息子のアルフレッド様が突然来て、村長に薬を寄越せって騒いでるでさ」

「薬？」

「んだ。村長がどこからか仕入れている薬だべ。村の誰かが病気になった時に飲むと一発で治っちまう、すげー薬なんだ。だけど、ここ最近税金の取り立てが厳しくてよー。村長さん余った薬を売って税金に当ててたんだべ。それが領主さまにバレちまって、アルフレッド様が奪いに来てるんだ」

男性が話している最中も、村長はアルフレッドから脅迫じみた尋問を受けていた。

そして、村長は奈落《ならく》の魔女との関係を知られたくないのか、「今はない」、「誰だか知らない」、「いつ来るか分からない」と繰り返し叫んでいた。

「村長は薬を売らないのか？」

「それが、村長さん薬持ってねえずらよ。ここ最近は村に薬売りが来てねえみたいでな、村長さんは在庫がねえって言ってるんだが、アルフレッド様が信じなくて、ああして脅してるべ」

「そうか、ありがとう」

「このぐらい、お安い御用だべ」

カールがお礼を言うと、男性は正面を向いて、再び騒ぎの様子を不安そうに眺めていた。

「ルディ君、ちょっと」

「なーに？」

カールがルディの袖《そで》を引っ張り、人気《ひとけ》のない場所まで移動する。

「今の話を聞いていたな。俺の予想だけど、薬は奈落が作ったヤツか？」

「聞いておらぬです。だけど、ししょー薬作ってるよ、それちゃうですか？」

ルディはナオミに電話すれば薬の出処《でどころ》を確認できる。だが、目の前にカールが居るし、確認する必要もないので、特に何もしなかった。

「……ふむ。まあ、俺たちには関係ないか」

「シカトです」

村長は可哀《かわい》そうだが、二人は同時に頷き、人込みに紛れて宿屋へ移動を開始した。


村長とアルフレッドを囲む兵士の一人が、群衆の中からこちらへ近づいてくる二人組を見つけた。

一人は立派な偉丈夫で、もう一人は背の低いフードで頭をすっぽり隠した、怪しげな人物。

兵士が二人を警戒していると、それに気づいた同僚の兵士が話し掛けてきた。

「どうした？」

「あれだ」

兵士が顎《あご》をしゃくって、同僚の兵士に二人組の事を伝える。

同僚の兵士は視線を向けると、二人組の一人がカールだと分かり目を見張った。

「あれは……もしかして黒剣のカール⁉」

「黒剣って、どんな怪物でも一撃で葬り去ると言われている、英雄カールか！」

「全身黒ずくめで背中の大剣。多分間違いない」

二人の兵士の声は次第に大きくなり、村長を尋問していたアルフレッドが振り向いた。

「お前ら、どうかしたか？」

「……この場に黒剣のカールが居ます」

兵士がカールを指さすと、向こうもそれに気づいて慌てていた。

「黒剣のカール……もしや……」

アルフレッドもカールの噂《うわさ》は耳にしている。こんな辺境に居るのは何か目的があるはず、それが求めている薬かもしれない。

アルフレッドは村長から離れると、カールとルディに向かって近づいてきた。

「これはこれは、有名なカール殿ではありませんか」

アルフレッドがカールに話し掛ける。

話し掛けられたカールは諦《あきら》めた様子で立ち止まり、下を向いていたルディがカールの背中にぶつかって「むぎゅ」っと声を出した。

「……誰だか知らないが、今は急ぎの用事がある。俺の事は放っといてくれ」

カールは先を急ごうとするが、アルフレッドが彼の前に立《た》ち塞《ふさ》がった。

「何のつもりだ？」

カールが怒気を含めた声で威嚇すると、アルフレッドと兵士が彼の気配に鳥肌を立てた。

それでもアルフレッドはゴクリと唾《つば》を飲み、作り笑いを浮かべて勇敢にも話し掛けた。

「私はこの村にある薬の所在を知りたいだけなのです。そんなに威嚇してくるという事は、もしかして薬の秘密を隠そうなどと考えているのですか？」

「妄想が酷《ひど》いな。薬を求めているのは、自分の頭を治療するためか？」

カールの冗談に、それを聞いた村人から笑い声が上がる。

一方、馬鹿にされたアルフレッドは、作り笑いから怒りの表情に顔を変貌《へんぼう》させた。

「やはり英雄といえど、所詮《しょせん》はただの平民か。貴族に対する言葉と態度がなってないな」

「なあ、今、本当に急いでいるんだ。お前が誰だか知らないが、邪魔するなら、こちらもそれなりの態度を取らせてもらうぞ」

「それはこっちのセリフだ。村長が言うには薬を購入しているらしいが、領地にはあれほどの怪我《けが》や病気を治せる薬師など居ない。だとすれば、出処は離れた場所からか、もしくは魔の森からしかあり得ん！　カール殿、貴方《あなた》はそれに関わっているのではないですか？」

アルフレッドの妄想に、カールが呆《あき》れて空を仰ぐ。

カールの我慢が限界になる寸前で宿屋の扉が勢いよく開き、カールの長男ドミニクが姿を現した。

「やっぱりこの気配、父さんか！」

「ドミニク！」

カールがドミニクに応じる。だが、ドミニクはそれどころではないとカールの袖を引っ張った。

「母さんの容態が悪化してる、早く中へ」

「ニーナが‼」

カールが慌てて宿屋に入り、その後をルディが続く。

「待て、俺の話はまだ終わってないぞ！」

残されたアルフレッドは叫ぶと、兵士を引き連れてカールの後を追った。

「ニーナ!!」

カールが部屋に入ると、ニーナがベッドの上で大量の汗を掻《か》き、苦しそうに呻《うめ》いていた。

彼女の近くには、カールの次男ションが、ニーナの手を握って必死に回復の魔法を唱えていた。

ションはカールに視線を向けるが、ニーナの苦しそうな声を聞くと、すぐに視線を戻して治療を再開した。

「ニーナ、しっかりしろ、もう少しでお前の病気を治せる！」

カールの声に気づいたニーナがうっすらと目を開ける。

「……あなた……ごめんなさい」

「謝るんじゃない！　すぐに楽になる、ルディ!!」

カールはニーナを励ますと、すぐにルディを呼んだ。

「ちょいとお邪魔するです」

カールとションの間にルディがちょこんと現れる。突然の登場にションが驚き、ルディを二度見した。


今はげっそりとやせ細っているが、ニーナはカールが自慢するだけあって、フランツによく似た金色の髪をした美しい女性だった。

なお、カールの長男ドミニクは灰色の髪をして、体はカールよりも大きく筋肉質。顔つきはややカールに似ているが厳格な雰囲気があった。

次男のションは、ドミニクとは逆に細身で髪の毛は黒色。顔つきはニーナにそっくりな美形で、

身長はカールと同じぐらい高かった。

「コイツは一刻を争うです。とりあえず鎮痛剤で痛みだけ取っ払うですよ」

ルディは持ってきた応急キットから鎮痛剤を取り出して、ニーナの細腕に注射器の針を刺した。

「おい、お前何をしている！」

ルディの行動に驚いたドミニクが止めようとするが、それよりも先にカールが彼を止めた。

しばらくすると、苦しんでいたニーナが少しだけ和らいだ表情になり、眠りに就いた。

「カール、ニーナを運ぶです！」

「分かった」

ルディはニーナが眠ったのを確認すると、ベッドのシーツでニーナを包《くる》む。

それをカールが大事に抱えて立ち上がった。

「父さん、一体……」

詠唱を止めたションがカールに話し掛けると、彼は優し気な笑みを浮かべてションを見下ろした。

「ドミニク、ション、よくやった。後は俺に任せろ。必ずニーナは治る。だから心配するな」

「父さん、母さんをどこに連れていくんだ！」

「奈落の所だ。母さんが治ったら必ず戻る！」

母親の死を覚悟していた二人は、母親が治ると聞いて驚き、さらに治すのが奈落だと聞いてもっと驚いた。

「奈落だとぉ――――！」

だが、奈落と聞いて驚いていたのは、部屋の入り口で盗み聞きしていたアルフレッドも同じだった。

「今の話を詳しく聞かせろ！」

アルフレッドが詰め寄ると、カールが怒りを込めた目で睨《にら》み返した。

「どけ！」

「話を聞いたらどいてやる！　状況からお前の妻が死にかけ、それを治せるのが奈落の魔女なんだな！」

「状況が分かっているなら、そこをどけ。一刻を争うんだ！」

カールが怒鳴り返し、ドミニクとションもアルフレッドの態度に怒りを覚える。

だが、アルフレッドが領主の息子なので、迂闊《うかつ》に手を出す事ができなかった。

「お前こそ分かってるのか？　奈落の魔女は史上最高額の金貨1000万枚の賞金首だぞ。その奈落が死にかけの人間ですら治せる薬を作れると知れれば、さらに賞金額が跳ね上がる。ははは、これは父上に報告して生け捕りにすれば、一生贅沢《ぜいたく》に暮らせるぞ」

カールに話し掛けていたアルフレッドは、奈落の魔女の賞金に目が眩《くら》んで途中から笑い出した。

「お前……奈落を怒らせる気か？　死ぬぞ」

「奈落と言ってもたかが魔女一人、なんとでもなろう」

その返答にカールが哀れんだ表情を浮かべた。

「……一応警告だけはしてやる。奈落の魔女には手を出すな。お前の命だけじゃ済まないぞ」

「そんなのただの噂にす……」

「うぜぇです」

「……うぐっ！」

カールに言い返そうとしたアルフレッドだったが、話の最中にルディの蹴《け》りが腹にめり込んで呻き声を上げた。

ルディの行動にこの場に居た全員が驚く中、彼は蹲《うずくま》るアルフレッドの髪の毛を掴《つか》んで、腰からショートソードを抜くと首筋に押し当てた。

「このアホの命惜しけりゃ、そこをどけです」

正気に戻った兵士が抜剣する。だが、アルフレッドの首筋に当てられた剣を見て、何もできず後ろに下がった。

「ルディ君……」

カールがやっちまったなという表情を浮かべる。

「本当に時間ねえです、押し通るですよ！」

誰の目から見てもニーナの命は残り僅《わず》か、一刻を争っていた。

俺は何を迷ってやがる。ニーナの命が助かるなら、賞金首にでも何にでもなってやる！

カールも抱えているニーナを見下ろして覚悟を決めた。

「お前たち、賞金首になりたくなければ、俺と縁を切れ」

カールが息子二人に声を掛けると、息子二人はお互いの顔を見て同時に頷《うなず》いた。

そして、突然、ドミニクが兵士の一人に当て身をして気絶させ、残りの兵士が驚いているうちに、ションが素早く詠唱を唱えるや、兵士たちが立ち眩みしたように床に倒れた。

兵士を倒した息子二人がカールに振り向く。

「冗談だろ。俺たち家族が離れるなんて考えられないな」

「母さんの命が助かるなら、俺たちも賞金首になってやるよ」

ドミニクとションの返答に、カールが声を出して笑った。

「ははは。さすが俺の息子だ、誇りに思うぜ。ルディ君、さあ行こう！」

「ごーごーです！」

ルディが歩き始めると、髪を掴まれたまま引き摺《ず》られたアルフレッドが、大声で叫んだ。

「痛てて、クソ、離せ！　……お前たち、ただじゃ済まねえぞ！」

「お前、本当にうぜえです」

ルディはそう言うと、アルフレッドの髪を掴んだまま顔を壁に叩《たた》きつけた。

「……ぐふ！　貴様……ぐは！　ちょっおま……ぐげ！」

何度も何度も壁に顔面を叩きつけると、アルフレッドは鼻と口から血を流して気絶した。

「やりすぎじゃないのか？」

「このアホ、ししょーに喧嘩《けんか》売ったです。命あるだけ感謝しろですよ」

カールがルディに話し掛けると、ルディが鼻息を荒くして言い返した。

「父さん、この少年は？」

ドミニクがルディの正体を尋ねると、カールが頭を横に振った。

「今は説明できない。だけど、まあ……察してくれ」

「……なるほど、察します」

誰かが聞いているかもしれない村の中では言えない事情があるのだろう。ドミニクはそう考えて、今は何も聞かない事にした。

「はよ行くです」

ルディに促されて、全員、宿屋を飛び出し森に向かって走り出した。


太陽は地平線に消え、空は満天の星に変わる。

暗くなった森の中をションが魔法で道を照らし、虫が鳴く中を草を踏む四人の足音が聞こえていた。

カールの腕の中ではニーナが苦しそうな表情で眠っており、時折カールが様子を窺《うかが》って彼女が生きている事に安堵《あんど》していた。

「それで父さん、どこへ向かってるんだ?」

「もうすぐだ」

ションの質問にカールは答えず、三人は前を走るルディの後を追っていた。

前を行くルディが走りながら、電子頭脳を通してハルに連絡を入れる。

『緊急事態だ。患者の容態が思っていたよりも悪い』

『到着予定1時間後と想定して、メディカルルームの準備を開始します』

『50分で用意しろ』

『夜間の森でのエアロバイク走行は危険です』

『そんなこと言われなくても分かってる。それと、上空から監視しているな。カールの息子二人を追跡して、ソラリスに回収させろ』

『……宜しいのですか？』

『アホが絡んでこなけりゃ村に置いてきたのに、チクショウ！』

ハルとの通信を切ったタイミングで目的地に到着し、ルディは茂みの中からエアロバイクを移動させた。

「カール、ニーナが落ちねえように、体ロープで縛れです！」

エアロバイクに跨《またが》ったルディの指示にカールが頷き、ニーナを包んでいたシーツを切り裂いて自分の体とニーナを結び始めた。

「名前、ドミニク、ションですか？」

「ああ」

「うん」

カールが作業している間に、ルディがドミニクとションに話し掛ける。

その二人はエアロバイクに驚き、突然話し掛けられて体をビクリと跳ねさせた。

「村戻る危険です。後で無表情の女がお前ら回収に来るから、それまで森の中で逃げてろです」

「待ってくれ！　俺たちを回収すると言っても、居場所をどうやって把握するんだ」

「ししょーの魔法で何とかです」

本当はナイキからの熱源探知による監視だが、ルディは何でもできそうなナオミの魔法ってことにして誤魔化《ごまか》した。

「奈落《ならく》の魔女の魔法か……それなら大丈夫そうだ」

「えっとルディだったな。父さんと母さんを頼んだぞ」

ションは頷き、ドミニクは会話しながらカールを手伝って、エアロバイクの後部座席に両親を乗せた。

「ルディ君、準備ができた。急ごう！」

後部座席に座ったカールが声を掛ける。

彼はニーナをルディと自分の間に挟み、絶対に落とさないように固定させた。

「しばしの別れ、サラダバーです」

ルディはドミニクとションに別れを告げると、エアロバイクで森の闇へと走り去った。

◆

「こっちに行ったはずだ、探せ！」

「音がしたぞ。あっちだ！」

ルディのエアロバイクが去った後、遠くの方から幾人もの声が聞こえてきた。

「どうやら驚いている暇はないらしい。逃げるぞ」

「なんだかもう滅茶苦茶な状況だけど、今はあのルディってのを信じるしかないな」

ドミニクとションはお互いの顔を見て頷くと、追っ手を避けるために森の奥へと走り出した。

「ナオミ。これから出かけてきますので、食事は携帯食料で済ませてください」

家のリビングで、ナオミとフランツが魔法談義をしていると、ソラリスが二人分のカップラーメンとお湯をテーブルに置いた。

「今からか？」

「左様でございます」

ナオミが窓から外を見れば、夜の闇に覆われて、今から森に出かけるには危険な時間だった。

「ふむ。こんな時間からどこへ出かけるんだ？」

「フランツ様のご兄弟の回収でございます」

「僕の兄弟ってドミニク兄さんと、ション兄さん？」

フランツが驚いてソラリスに聞き返す。

「確かお名前はそのように伺っています。おそらく帰りは2日後の予定でございます」

「ちょっと待て。何が何だか状況が分からん」

「ご安心ください。私も理解に苦しんでいます。では、急いでいるので失礼します」

ソラリスはそう言うと、家から飛び出した。

「奈落様、一体何が……」

「私に聞くな。それよりも今一番の問題はこれだ」

そう言って、ナオミがテーブルに置かれたカップラーメンに視線を向ける。

「これ、どうやって食べるんですか？」

「……さあ」

ナオミとフランツはカップラーメンを見て、二人揃《そろ》って首を傾《かし》げた。

◆

ルディたちを乗せたエアロバイクは村へ行く時よりも速く、闇夜の森の中を駆けていた。

昼間の森とは異なり夜の森は視界が悪く、エアロバイクの安全サポート機能が3分の1まで低下。

さらに速度も上げているため、ルディは神経を尖《とが》らせて迫る木を躱《かわ》していた。

ルディの背後に座るカールは、シーツで縛ったニーナを決して離すまいと抱きしめ、ルディの頭上から前方を睨むように見つめていた。

「しまった！」

突如、前方に立《た》ち塞《ふさ》がる木の後ろから、額に一本の角を生やした長毛の牛が現れた。

ルディは木を避《よ》ける事に集中していたため、その生物を見逃して、彼にしては珍しく語尾を忘れて叫んだ。

「伏せろ！」

カールの叫び声に、ルディが身を低くして頭を伏せる。

「覇斬‼」

カールが叫び、背中の大剣を横に振るう。

大剣がルディの頭上を通り過ぎ、剣筋から黒色の刃《やいば》が空を裂く。

黒色の刃は、牛の生物どころか前の木々を一刀両断に全て切り裂いた。

カールの二つ名は黒剣。大剣にマナを込め、体を魔法で強化して飛ばす斬撃は、鋼鉄ですら切り裂く威力を持っていた。なお、彼は覇斬以外の魔法は下手《へた》くそである。

ルディが凄《すご》いと思っていると、エアロバイクが急に軽くなって慌てて振り返る。

すると、今の攻撃でカールがバランスを崩して、ニーナと共に空中へ投げ出されそうになっていた。

ルディは電子頭脳を回転させてゾーンに入る。一瞬で左手を伸ばしてカールを掴んだ。

互いの目が合うや、ルディが引っ張ってカールを後部座席に戻した。

「すまねえ。助かった」

ルディは顔を前方に戻すと、バイクを走らせながら頷いた。


「もうすぐ崖《がけ》、ぶっ飛ばせです」

「行けるのか？」

「ちょーギリです！」

心配したカールの質問に、ルディが叫び返す。

飛び越える事ができず壁に衝突すれば、命を落とすかもしれない。それでもルディは速度を上げ、エアロバイクは時速１５０㎞を突破した。

「飛ぶです！」

エアロバイクが森を抜け、ライトの投射から木が消えて闇だけが広がる。

「おう！」

エアロバイクが大きく跳ね上がり、崖を越えようと空を飛ぶ。

十分に勢いをつけて空を飛び、これなら行けるとルディが確信していると、軌道先の空からソラリスが現れた。

何故《なぜ》ソラリスが？　実はルディとソラリスはお互いに最短ルートを走っていた。アンドロイドのソラリスの脚力は時速１００㎞を超えて反対側から走り、タイミング悪く二人同時に崖を飛んで、崖の中央で遭遇した。

「ソラリス——⁉」

「……失礼」

エロバイク上で叫ぶルディと、空飛ぶソラリスに驚くカール。

一方、ソラリスは冷静にエアロバイクを蹴飛《けと》ばして、ルディたちの頭上を飛び越えた。

ソラリスに蹴られてエアロバイクの高度が落ち、崖に激突するルートに変わる。

「ソラリスのバカ——‼」

叫びながらルディがハンドルを引き上げると、エアロバイクの前方部分が高く上がり、垂直に崖の壁に着いた。

崖に着いたエアロバイクが重力に従って落下し始める。だが、ルディは諦《あきら》めずにギアを上げ、アクセルグリップを捻《ひね》り、エンジンが唸《うな》りを上げる。

すると、エアロバイクは落下せず、重力を無視して崖を登り始めた。

「うおぉぉぉ‼」

「うお——ですぅ——‼」

カールとルディが雄たけびを上げ、エアロバイクが壁を一気に登って空中に飛び出す。

そのままくるりと回って、崖上に着地した。

「ハァハァ……マジでヤバかったです……」

「……ああ、ガチで死ぬかと思った」

ルディが体を震わせて呟《つぶや》くと、カールも同じく額に滴る汗を拭《ぬぐ》った。

「ところでルディ君。気のせいかもしれないが、空を飛んでいる最中に、奈落のところに居たメイドが反対側から飛んできた気がするんだが、君は見たか？」

カールはソラリスがアンドロイドだとは知らない。先ほど目にしたのが魔法だったとしても、あの身体能力はありえないと思っていた。

「……ししょーの魔法です」

とりあえず奇想天外な事は、全部ナオミの仕業で誤魔化すルディ。

カールは嘘《うそ》がバレバレだと、あと少しで口から出そうになるのを必死に堪《こら》えた。

ルディはエアロバイクを森に向けるが、走らせる前に電子頭脳でソラリスに連絡を入れた。

『ソラリス！　危なく崖から落ちるところだったぞ!!』

『ご無事で何よりでございます。ナイキからの情報では、救助対象者が敵に囲まれそうになっているらしく、私も急いでおりますので失礼』

『おまっ、ちょっ！　……切りやがった』

ルディのクレームをソラリスは半分無視して、すぐに通信を切った。逃げたとも言う。

「後で覚えてろよ……アイツの感情3000倍アプリ作って、悶絶《もんぜつ》死させてやる」

「ルディ君どうした？」

歯ぎしりするルディにカールが話し掛ける。

「何でもないです」

ルディは気持ちを切り替えて、エアロバイクを森の中へと走らせた。

◆

「奈落様。おそらくですが、この食べ方は間違っていると思います」

「……うむ。確かに固いな」

ソラリスが夕食に用意したカップラーメンを前にして、ナオミとフランツは悩んでいた。

一応カップラーメンには説明書が書いてあるのだが、残念ながら二人は銀河帝国の文字など知らず、とりあえず開けてみようと蓋《ふた》を全部捲《めく》った。その時点でアウト。

お湯を入れず固いままの中身にフォークを刺そうとするが刺さらず、仕方なく手で取り出して齧《かじ》ってみるが、固くて食べられなかった。それが先ほどの会話。

「舐《な》めると味はするんだよな……」

「そうですね……そうか！　なるほど、これはもしかして……」

「何か閃《ひらめ》いたのか？」

「はい、おそらくですが、焼けば柔らかくなるのでは？」

残念ながらフランツは料理が苦手だった。

「なるほど、やってみるか！」

ナオミはキッチンに向かうと、カップラーメンの中身をフライパンに載せて、サラダ油で炒《いた》め始めた。

なお、カップラーメンはノンオイル製法だったので、開発者は泣いていい。

……5分後。

「ただ焦げただけだった」

「ダメでしたか……」

皿に載っている焦げたカップラーメンに、二人はお腹《なか》を空《す》かせてため息を吐《つ》いた。

◆

ルディたちが村を出て1時間が経過した。

牛みたいな生物やソラリスのせいで時間を食い、今のところ予定時間よりも10分遅れていた。

カールが抱きしめるニーナは苦しそうに荒く呼吸をしていた。移動の疲労からか体力が落ちて、呼吸回数も減っていた。

それでもまだ彼女は生きていた。

「ルディ君、急いでくれ。ニーナが危ない」

「もう目の前です」

「目の前って……」

カールがニーナに向けていた視線を前方へ向けると、目と鼻の先に低木が立ち塞がっていた。

「なっ！」

カールが衝突に身構え、ニーナを抱きしめて身を縮める。

だが、エアロバイクは低木に衝突せずにすり抜けると、ナオミの家の広場に出た。

「ししょーの幻術です」

ルディの説明に、カールが冷や汗を掻《か》いて安堵《あんど》する。

ルディはナオミから幻術の結界を解除されており、低木は見えていなかった。

「やっと到着です」

ルディは家の前でエアロバイクを停車させると、エンジン音を聞き付けて、玄関からナオミとフランツが現れた。

「ルディ！」

「父さん、母さんの具合は⁉」

ナオミとフランツが声を掛ける。

声を掛けたフランツは、顔色の悪いニーナの姿を見て絶句していた。

「話後です。カールは僕に付いてきやがれです！」

「おう！」

本当はカールに地下室を見せたくない。しかし、今は緊急を要する。

ルディは仕方なく、カールを地下室のメディカルルームに連れていく事にした。

ルディの案内でニーナを抱えたカールが、キッチンの奥から地下へ通じる階段を下りる。階段を下りた先には、ルディのベースキャンプがあった。

カールは見た事のない施設に驚き目を見張る。だが、それよりもニーナの治療を優先して、何も聞かずにルディの後を追った。

「失礼するです」

メディカルルームに入ると、ルディはショートソードを抜き、カールとニーナを結んでいたシーツを切断した。

「良い腕だ！」

「はざーん《覇斬》には敵《かな》わぬですよ」

褒めるカールにルディは言い返すと、無線通信でドローンを呼んだ。

『ドローン、容態の確認だ。採血、それとCTスキャンを急げ！』

ルディの命令に、部屋の隅で控えていた二体の治療ドローンが動き出した。

一体がニーナの腕から血液の採取を、もう一体が緑の光を放ってベッドの上で寝ているニーナの体をスキャンした。

カールはドローンに驚きつつも、今はルディを信じて見守っていた。

「ルディ君。ニーナはどんな状態だ？」

ナオミが状況を確認しに部屋へ入ってくる。

本当はフランツも付いてきたかったが、ナオミがリビングに留《とど》まるように命じていた。

「今確認中です。怪我《けが》ちゃうて病気だから、治療培養液、薬、色々調合必要あるですよ。ししょーの癌《がん》、治した時と同じ、時間掛かるです」

ルディが治療コンソールパネルを弄《いじ》りながら説明する。

そして、ＣＴスキャンの結果がディスプレイに表示されるや、信じられないといった表情を浮かべた。

「ニーナ、我慢強いアホですか？　何でここまで我慢してろです。全身に癌細胞転移しとるですよ……」

ルディは呆《あき》れているが、ニーナが我慢していたのにも理由がある。

宇宙だと末期でも治せる癌は、この星では不治の病だった。

ニーナは自分の病気が治らないと知り、それならば死ぬ最後まで愛するカールと一緒に居たかった。

それ故、彼女は誰にも言わず本人だけの秘密にしていた。

「そ、それでニーナは助かるのか？」

「んー――。しばしまてーいです」

カールの質問に、ルディはキーボードをガチャガチャ鳴らして叩《たた》き、治療のための最適解を探し始めた。

「子宮、胃、肝臓、すい臓、小腸、大腸、消化器系ほぼ全滅じゃんです。おかしいな、なんでこの人まだ生きてるですの？」

ルディの呆れが含まれた呟きに、カールとナオミの顔が青ざめる。

「ししょー、カール。このニーナって人、どんな魔法使えです？」

「ニーナが得意なのは回復魔法だ」

ニーナが生きている理由はおそらく魔法。

そう判断したルディの質問にカールが即答した。

「回復魔法？」

「回復魔法とは、マナを使って体の毒や病気を治癒する魔法だ。系統だと光だな」

ルディが首を傾《かし》げると、今度はナオミが詳しく説明した。

「魔法で病気治せろですか？」

「風邪や虫歯、軽度の怪我と病気ぐらいはな。だけど、今のニーナぐらい重症だと、どんな神官でも無理だろう」

ルディはナオミの説明に、そういえば村でニーナを見た時にションが何かやってたけど、あれが回復魔法なのかと思い至った。

「魔法便利すぎですよ。それで医療技術停滞してろなると、いずれ人類滅べです」

ルディが肩を竦《すく》めて、再びディスプレイに集中する。

そして、誰にも聞こえないように小声で呟き始めた。

「……とりあえず生きている理由はそれとなく分かったです。……ここまで転移していると、一気に治すのは体に負担が大きいですね。完治するまでの間は、この家に住ませるんだろうなぁ……あぁ、嫌だ嫌だです」

ルディはニーナの病状から、抗がん剤の内容を少しだけ負担の少ないものに変更。そして、ニーナを隣室の治療タンクに運べと、ドローンに命令した。

「どこへ連れていくんだ⁉」

ニーナが二体の治療ドローンに運ばれそうになるのを、カールが慌てて止めようとする。

「カール、落ち着けです。これから治療タンクにニーナぶち込んで治療する、素っ裸する必要あるですよ。だから、ドローンに運ばせろですが、嫌なら僕運ぶです。別に人妻興味ねえけど、ニーナの裸見ていいですか？」

「……分かった。そのドローンとやらで運んでくれ」

ルディに言いくるめられてカールが落ち着き、後ろで話を聞いていたナオミは、人妻がツボに入ったのか必死に笑いを堪えていた。

二章　戦うメイドさん

ルディから村に戻らず森に逃げろと言われたドミニクとションは、アルフレッドの兵士からの逃走に成功していた。

しかし、今は別の敵に襲われて逃げていた。

「ションこっちだ！」

「ダメだ兄貴、もう囲まれてる！」

「クソ‼」

二人を追っているのは、体長1・5mぐらいの人喰い猿。名前はグールモンキー。

茶色の体毛に覆われ、口に二本の大きな牙《きば》とギザギザの歯が生えている。その歯は骨すらいとも簡単にかみ砕く事ができた。

彼らは森の端で集団生活をしており、夜行性。そして、グールモンキーの狩りの対象は、うさぎ、鳥、豚などだが、その捕食対象の中には人間も含まれていた。

「後ろ！」

「分かってる！」

背後から襲ってきたグールモンキーを、ドミニクの斧《おの》が切り伏せる。

肩から腹まで切られたグールモンキーが地面に倒れると、彼の仲間が一斉に集まり、傷で苦しむグールモンキーを生きたまま食べ始めた。

仲間に食べられているグールモンキーが泣き叫ぶ。

その光景を目にした二人が思わず顔を背けた。

食事に参加できなかったグールモンキーが、奇声を上げて二人を威嚇するや、一斉に襲い掛かってきた。

「出《い》でよ風の剣！」

ションが魔法を放ち、剣の形をした風の魔法が空を舞い敵を倒す。

近づいた敵は、ドミニクがバトルアックスを叩きつけて追い払った。

だが、さらに森の奥から続々とグールモンキーが現れて、囲まれた二人は背中を合わせて身構えた。

「あーあ、母さんが助かるかもしれないのに会えずじまいか」

「諦《あきら》めてんじゃねえよ！　最後まで戦うぞ」

悔しそうに顔を歪《ゆが》めるションをドミニクが叱咤《しった》する。

囲んでいたグールモンキーがじわじわと二人ににじり寄る。

一斉に襲おうとした瞬間、光の弾丸が一体のグールモンキーの頭を吹き飛ばした。

「なっ！」

「今のは⁉」

敵味方関係なく全員が光の弾丸に驚いていると、森の暗闇からソラリスが現れて、ドミニクとションに向かって丁寧なカーテシーを披露した。

「ドミニク様とション様ですね。お迎えに参りました」

ソラリスの場違いな格好と挨拶《あいさつ》に、二人は夢を見ていると思った。


突然現れたソラリスに、一体のグールモンキーが不意を突き、彼女の側面から襲い掛かった。

だが、ソラリスは見向きもせずに右腕を伸ばし、噛《か》みつこうとしたグールモンキーの牙を掴《つか》んで横に振る。それだけで頑丈な牙が折れて、体は遠く彼方《かなた》に吹っ飛んだ。

「……今の何？」

「魔法？　だけど、彼女からマナを全く感じないぞ」

ドミニクとションは一瞬の出来事に瞬《まばた》きするのも忘れ、グールモンキーは、ソラリスを見た目と異なる強者だと警戒を強めた。

全員から注目されている中、ソラリスが両手を前に出す。

すると、両手の手首から先が切れて、カーボンの骨格がむき出しになった。さらに手首がガシャガシャと音を鳴らして、銃に変形した。

「排除します」

両手からサブマシンガンの如く無数の光の弾丸が放たれる。

光の弾丸が次々とグールモンキーに命中して、魔物の悲鳴が森に響き始めた。

グールモンキーが次々と撃ち殺される光景に、ドミニクとションが茫然《ぼうぜん》と立ち尽くす。

「すげぇ……ション、あの魔法は何だ？」

「……見た目から光系統だと思う。だけど、あんな破壊力のある魔法は見た事も聞いた事もない」

ドミニクに答えるションの目は、ソラリスの銃撃に釘付《くぎづ》けだった。

二人が会話している間も、ソラリスによる虐殺は続いていた。

たとえグールモンキーが背後に居ようとも、ナイキから送られる熱源探知の情報で位置は把握しており、彼女は見向きもせず腕を後ろに回して確実に仕留めていた。

ソラリスが両腕を横に広げて回り始める。

四方八方に跳ぶ光の弾丸が、グールモンキーの被害をさらに拡大させた。

「オーバーヒートまで後3秒、2、1……停止。接近戦に移行」

銃が発熱で撃てなくなると、ソラリスは両腕を元に戻した。

銃撃が止《や》み、仲間を殺されたグールモンキーは、ドミニクとションの存在を忘れて、怒りを込めた目でソラリスを睨《にら》む。

しかし、感情のないソラリスに恐怖心はない。

ソラリスは彼らの視線には全く動じず、背中から名剣「与作カリバーちゃん（チェーンソー）」を取り出して電源を入れた。

ウィイイイイイン！

チェーンソーの刃が回転し、森の中に不気味な音が鳴り響く。

その音を聞いたグールモンキーたちは、一斉に「コイツ、ヤベエ」という表情を浮かべると、先ほどの怒りを忘れて全員が逃げだした。

「……排除終了」

グールモンキーが全員逃げ去り、与作カリバーちゃんの電源を切ったソラリスが呟《つぶや》く。

彼女の周辺には、数えきれないほどのグールモンキーの死体が転がっていた。

ドミニクとションは、あっという間の出来事に現状を理解できず、二人揃《そろ》って口をあんぐりと開けていた。

「お待たせしました」

ソラリスがドミニクとションに近づくと、二人は彼女を恐れて後ろに下がった。

「き、君は一体……」

「私はナオミの召使、名前はソラリスでございます」

ソラリスは自己紹介すると、与作カリバーを背中に戻して、スカートをつまんで再びカーテシーを披露した。

「確かナオミって奈落《ならく》の魔女の名前だ！　という事は、ルディの言っていた、俺たちを回収しに来るっていう無表情の女の人って君の事？」

ションはナオミの名前で奈落の魔女の侍女だと分かると、ルディの話を思い出した。

「無表情はさておき、私の事でございます」

ソラリスはそう言うけど、表情を一切変えない彼女に二人は間違いないと確信した。

「そうか。俺はドミニク、隣が弟のションだ。さっきは助けてくれてありがとう。改めて礼を言わせてくれ」

「私は任務の障害を取り除いただけですので、礼は不要です」

「なあ、さっきの光の玉がドバドバ出てた魔法は、奈落の魔女から教わったのか？」

ドミニクとソラリスが会話していると、兄弟の中で一番魔法に優れているションが好奇心を抑えきれず質問してきた。

「魔法ではなく仕様でございます」

「仕様？」

「はい」

嘘《うそ》は言っていない。ただ、相手がアンドロイドを知らないだけ。

「魔法談義は後にしろ。今はここから移動するのが先決だ」

「私も同意見でございます」

「ごめん。そうだったな」

「それでソラリスさん。これから俺たちは奈落の魔女の家に向かうという事でいいのか？」

「はい。ご案内しますので、後を付いてきてください」

ソラリスは返答すると一人でスタスタと歩き出した。

その後ろ姿にドミニクとションが互いの顔を見る。

「不思議な女性だな」

「まあ、奈落の魔女の召使だし」

「……そうだな」

ドミニクとションは理解できない事を全部ナオミのせいにすると、先を進むソラリスの後を慌てて追った。

◆

体温、脈拍、呼吸、血圧……バイタルは正常まで回復したな、ギリだけど。癌細胞《がん》の方は……順調に減少中。これなら除去手術しなくても回復するはず……。

メディカルルームでは、ルディがディスプレイのデータを眺めて、ニーナの容態を確認していた。その後ろから、ニーナの安否を気遣うナオミが話し掛けてきた。

「ルディ、ニーナの容態はどうだ？」

「ん——。問題なく回復に向かっとるです。バイタルサイン、意識以外正常値まで回復、癌細胞少しずつ減ってろ。2週間で全壊……逆、全快、その後1週間リハビリです」

ナオミの後ろで話を聞いていたカールは、それでやっと安堵《あんど》したのか、腰が抜けたように床にへたり込んだ。

「あ——本当に生きた心地がしなかったぜ。ニーナもニーナだ。結婚する時は、お互い隠し事はしないって約束したじゃねえか！」

「まあ、そう怒るな。ニーナだってお前を心配させたくない心情から隠していたんだろ」

床に座って文句を呟くカールの肩に手を置いて、ナオミが励ました。

「ところでルディ」

「なーに？」

「実は昼から何も食べてない」

ナオミの話にルディが首を傾《かし》げる。

「ソラリス、ご飯作らぬかったですか？」

「どうやら急ぎの用で、携帯食料だけ残して家を出ていった」

「その携帯食料はどしたです？」

「どうやら、作るのに失敗したみたいで食べられなかった」

その返答にルディは戻した首をまた傾げた。

携帯食料を作るのに失敗？　はて？　どういう事？

ルディは簡単に作れるはずの携帯食料の調理に失敗したというのが理解できなかった。

「そういえば僕も昼から何も食べてねーです」

ルディも食べていない事を思い出すと、お腹《なか》が「ぐうぅぅぅ」と鳴った。

「んーーー腹よ収まれ。ししょー、僕も食ってねえから夜食作るです。カールも一緒、食うかです」

「……今は何も食いたくない気分だが、食わなきゃばてるな。頂こう」

冒険者として長く生活しているカールは、どんな時でも体調管理を心がけている。彼はルディに誘われて、無理やりにでも食べる事にした。

「じゃあ、１階に戻れです」

ルディは席を立ってカールを立たせると、ご飯を作りに１階へ向かった。

◆

森の入り口の村から領都に向かう街道を五頭の馬が走る。

騎乗しているのは、顔が醜く腫《は》れ上《あ》がったアルフレッドと、配下の兵士。

「クソッ、クソッ、許さねえ。特にあのガキだけは絶対に許さねえ！」

アルフレッドはルディたちが逃げた後、腹いせに村長を剣で斬り殺した。

悲鳴が上がる中、地面に倒れた村長に向かって唾《つば》を吐くと、馬に乗って村を去った。

向かう先は父親の居る領都。

「奈落の魔女だ、全て奈落の魔女が悪い‼　父上に頼んで殺してやる。俺を……貴族を舐《な》めたらどうなるかを、身をもって味わえ！」

復讐《ふくしゅう》に燃えるアルフレッドの恨み言に、兵士たちが顔を引《ひ》き攣《つ》らせる。

だけど彼らは知らない。

遥《はる》か上空、宇宙からナイキの衛星カメラで、ハルが彼らの様子を捉《とら》えている事を……。


ルディたちが階段を上がり1階に出ると、リビングで待っていたフランツが慌てて駆け寄ってきた。

「父さん！　母さんの容態は？」

「安心しろ、何とか一命を取り留めた」

「本当？　良かった……」

カールの返答を聞いてフランツが安堵する。

母親を想《おも》うフランツの様子に、ルディとナオミは間に合って良かったと微笑《ほほえ》んだ。

ところが、ルディがリビングに視線を向けるや、ある物を見つけて体がピキッと固まった。

視線の先で見つけたダークマター。……それは、焦げたカップラーメンの残骸《ざんがい》だった。

「こ、こいつは……凄《す》げぇです」

ルディはナオミから何も食べていないと聞いた時、お湯の量が足りなかったか、待ち時間を間違えたぐらいの認識だった。

それでもカップラーメンは不味《まず》いけど食べられる。

だから、調理に失敗して食べられなかったと聞いても理解できなかった。だが、惨劇を目にして理解した。

「まさか、カップラーメンを焼くとは……その発想がありえねーです……」

近づいてカップラーメンを見てみれば、底面だけでなく側面と上面もきちんと焦げていた。おそらくフライ返しを使って丁寧に焼いたのだろう。

なんという無駄な努力だと逆に感動する。

とてもではないが食べられる代物ではない。だけど、どうにかして食べようとしたのか、数か所に哀愁を漂わせる歯型が残っていた。

「お湯、使わなかったですか？」

ルディはカップラーメンを載せた皿を持ち上げてナオミに質問すると、彼女は目をしばたたかせた。

「お湯？　これは煮る物だったのか？」

「……煮る？　まあ、食べられない事もないですが……ソラリスのアホ、作り方の説明ぐらいしやがれです！」

ルディはため息を吐《つ》くと、無言で焦げたカップラーメンをゴミ箱に捨てた。

キッチンに立ったルディは、とりあえず全員にコーヒーを出してから、夜食を作る事にした。

全員が昼から何も食べておらず、かといって今の時間は夜の9時を回っている。油などを使った高カロリーの食べ物は控えた方がいいだろう。

そうルディが考えていると……。

「にがっ！」

「にがい！」

「あはははははっ！」

カールとフランツの悲鳴がした後、すぐにナオミの爆笑がリビングから聞こえてきた。

どうやらナオミは二人にコーヒーの味を教えず、彼らのリアクションに笑ったらしい。

「ししょー楽しそうだ。だけどあの人、時々一人でいる時、暗い顔してるんだよなぁ……」

ナオミの過去を知らないルディは、まあ話したければ向こうから話すだろうと料理を作り始めた。


「テメェら待たせたなです。今日の料理はほうフォーですよ！」

ルディは大きな鍋《なべ》を持ってリビングに入ると、腹を空《す》かせた三人が食卓テーブルについた。

「ほうふぉー？」

「じゃーんです」

ナオミの質問にまずは見ろと、鍋敷きに鍋を置いて蓋《ふた》を開ける。すると、中から味噌《みそ》ベースで煮込んだ、カボチャの良い香が漂ってきた。

「ほうとうと言う日本の料理から麺《めん》を抜け、代わりにベトナムのフォーをぶっこんだミックス料理です。味付けは、干ししいたけ、味噌、ナンプラー《魚醤》、具はカボチャ、豚肉、しめじ、舞茸《まいたけ》、エリンギ、人参《にんじん》とてんこ盛り、隠し味に生姜《しょうが》もお入りです」

説明にナオミは美味《うま》そうだと頷《うなず》き、ルディの料理を初めて目にするカールとフランツは、ぐつぐつと煮えているほうフォーに目が釘付《くぎづ》けだった。

「なあ、奈落。もしかして、お前さん毎日こんな美味そうな料理を食べているのか？」

「いや、普段はもっと豪華だな、ルディ」

カールの質問に、ナオミがにっこりと笑い返す。

そして、話を振られたルディが頷いた。

「今日は時間ねえから手抜きの一品だぜです」

「マジかよ……」

三人が話している間に、フランツがトングとお玉を使って、鍋の料理を取り分けた。

なお、お手伝いとか鍋奉行とかではなく、ただ単純に自分が早く食べたいのが理由。

「酒ぇ飲む人、手を上げろです」

フランツが料理を取り分けている間にルディが質問すると、ナオミだけが手を上げた。

「飲む」

「嫁が倒れているときに飲むのはさすが控えるよ」

「下戸《げこ》です」

という事で、ルディはナオミと自分に日本酒の銘柄「鬼姑殺《しゅうとめ》し」。カールとフランツに煎茶《せんちゃ》を出した。

料理と飲み物が揃《そろ》ったところで、全員がほうフォーを食べ始める。

ルディが一口ほうフォーの汁を口に入れると、カボチャの甘みに味噌とナンプラー。それから、しいたけを含めた具材から染み出た旨味が、口の中に広がった。

麺のフォーを食べれば、味が染み込んでいて、これまた美味《おい》しい。

満足して他の三人を見れば、空腹という調味料もあってか、全員が無我夢中で食べて、お代わりをしていた。

「みんな食うの早《は》えぇです」

ルディも彼らに負けじと、小皿のほうフォーを一気に掻《か》っ込《こ》んで、お代わりをした。

◆

ソラリスがドミニクとションを救出してから1時間が経過。

三人は暗い森の中をションの魔法の光を頼りに移動していたが、激しい戦闘後に飲まず食わずで歩き続け、体力の少ないションが限界に達した。

なお、ソラリスの体内バッテリーの使用率はまだ67％。このまま3日歩き続けても電力に余裕があった。

「兄貴、そろそろ休みたい」

「そうだな」

ションの声にドミニクが頷く。そして、疲れる事なく前を歩くソラリスに声を掛けた。

「ソラリスさん。そろそろ休憩しませんか？」

「分かりました。今日はここで休みましょう」

ソラリスがピタリと足を止めて振り返る。

二人は安心したのか適当な場所に腰を下ろし、ソラリスも近くの地面に正座した。

「ション、何か食い物は持ってないか？」

「村から出る時手ぶらだったんだ。あるわけないよ」

「そうだな。せめて水だけでも持ってくるべきだった」

ションの魔法で水を作る事はできる。だが、魔法で作った水は偽物の水なので、飲んでも喉《のど》の渇きはなくならない。

もし、ソラリスに感情があったら、彼らを救出に行く前に気遣って食料や水を持っていった。

だが、彼女が受けた命令は、回収に行けと言われただけだったので、自己防衛用のチェーンソー以外は何も持ってこなかった。

救出の際は食料と水が必要。

ソラリスは二人の会話で学習すると、立ち上がって口を開いた。

「水と食料を確保してきますので、２時間ほどこの場所でお待ちください」

「……は？」

「……え？」

二人がぽかーんと口を開けて驚いていると、ソラリスはあっという間に森の中へと消えていった。

「なあ兄貴。ソラリスさんって何者？」

「俺が知るか」

この場に残された二人は、今は彼女を信じるしかないと獣に見つからないように隠れる事にした。

◆

ルディたちがほうフォーを平らげた後、フランツが自ら手を上げて、食器を洗うと言い出した。

ルディは家の物に触れさせたくなかったが、二人の前でドローンを出すわけにもいかず、食器洗いを任せる事にした。

フランツは蛇口を捻《ひね》るだけで、水どころかお湯まで出る事に驚き、食器洗い洗剤の効果にも驚いていた。

実は自動洗浄機があるから、本当は手で洗う必要などない。しかし、自動洗浄機はオーバーテクノロジーなので、フランツには秘密。

ルディは「ごめんフランツ」と心の中で謝った。

フランツに洗い物を任せた三人は、リビングのソファーに座って今夜の部屋割りについて相談していた。

「フランツは1階の客室を使う事にして、お前は地下でいいんだな」

「ああ。できればニーナの傍《そば》に居てやりたい」

「ルディもそれでいいか?」

「他の部屋ロックしとくです。毛布貸すから好きに寝ろですよ」

ルディが承諾すると、カールが頭を下げた。

「本当にルディ君には何から何まで世話になる」

「秘密守れば何も言わんですよ。それと、全部しょーの魔法です」

「おい!」

ルディの返答に思わずナオミがツッコむが、彼は平然とした様子で頭を左右に振った。

「そういう事なのです」

ルディの返答にナオミは「私に衣食住を提供するのは、こういう事なんだろう」と、考えてため息を吐《つ》いた。

「私を隠《かく》れ蓑《みの》にするのも限界があるからな」

「もちろん承知です」

頷くルディだが、話を聞いていたカールは、もう無理じゃないかと思っていた。

食器を洗い終えたフランツがリビングに戻ると、話題が村での出来事に変わった。

「アルフレッドか……」

カールの話にナオミが顔をしかめた。

「知ってるのか?」

「そいつの父親はこの森を含めたデッドフォレストの領主だから、そりゃ知ってるさ。アルフレッドとは一度も会った事ないが、父親に似て傲慢《ごうまん》で我が儘《まま》、傍若無人な性格だとは聞いている」

「その話は事実だな。俺もあの時、ニーナを抱えてなかったら何かしてたぜ」

「何かとは何だ」

カールの冗談にナオミがツッコんで笑った。

「先代の領主とは、森に入る前に一度だけ面識があるんだ」

「その人はどんな人だったんですか？」

「貴族にしてはまともな人間だったぞ。子育てには失敗したみたいだがな」

ナオミはフランツの質問に答えると、肩を竦《すく》めて話を続ける。

「その爺《じい》さんが死んだのが1年ぐらい前だったかな。代が変わってから税金がすごく上がったらしい。まあ、私は一度も払った事などないけど」

「さすがしょーです！」

「え、今の褒めるところ？」

ルディがナオミを褒めて、褒める理由が分からないフランツが首を傾《かし》げた。

「フランツ、何言ってろですか。税金払わぬなんて夢みてーなイージーライフですよ！」

「……はぁ」

力説するルディにフランツが引き、ナオミとカールは笑い転げていた。

「俺の予想だが、あのアルフレッドってガキが、このまま引っこむとは思えない」

笑っていたカールが真剣な表情に戻す。

ナオミがソファーにもたれ掛かって頬杖《ほおづえ》をついた。

「面倒な事になりそうだ……」

ナオミが呆《あき》れていると、玄関の扉がバタンと開き、ソラリスが家に入ってきた。


「ただいま戻りました」

「ソラリス？　戻るのは2日後と言ってなかったか？」

「はい。今は補給物資を取りに来ただけでございます」

ナオミの質問にソラリスは答えると、そそくさと奥の地下室へ向かった。

「補給物資とは何だ？」

「……さあ？」

カールの問いにナオミが首を傾げている。

フランツがそれどころじゃないと口を開いた。

「それより兄さんたちはどうなったの？」

「確かにそうだな。俺の子供だから、簡単に死なないとは思うが気になる」

三人がドミニクとションを心配している間、ルディは会話に交ざらず、ハルから入ってきた緊急の報告に耳を傾けていた。

『……という状況です』

『そのアルフレッドってのは本当にクズだな。普通、腹いせに人を殺すか？』

『人間の心理はデータでしか知りません。ですが、彼の行動は銀河帝国だと間違いなく10年以上の労役刑になります』

『この星は法権外だから、そんなのどうでもいいよ。それより、そいつが急いでいる理由だ』

『音声までは分かりませんが、行き先は方角からしてこの近辺で一番の都市になります』

『都市ね。人口はどの程度だ？』

『約1万人と予測』

『……少《す》くねえ』

『この星ではそれなりに人口密度が高い方です』

『ああ、そうだな。領主の息子だし、どうせ親父にでも泣き付くんだろう。まあいい、何かあったら報告してくれ』

『イエス、マスター』

ハルとの会話で、ルディもナオミと同じく面倒になると考えた。


しばらくして、ソラリスが袋を背負って戻ってきた。

「ソラリス、どうしてお前だけ戻ってきた。助けに行ったカールの息子たちはどうした。そして、その荷物は何だ？」

ナオミが立て続けに質問すると、ソラリスが足を止めた。

「今は急いでいますので簡潔にお答えします。ドミニク様とション様はここから60㎞離れた場所で休憩されてますが、現在補給不足により活動を停止しています。私がここに来たのは補給物資の調達、そしてこの袋の中身が補給物資になります」

「だからお前は頭かてーと言っているです。回収しか考えねぇで、水と食料忘れるとかバカですか」

ソラリスの話を聞いていたルディは、ため息を吐くと、話に割り込んできた。

「ルディ、忘れたわけではございません。任務内容から不要だと判断しただけです」

「感情、時として柔軟な発想生めですよ。どうせまた走って戻るつもりだろです。ここまで来た、だったらエアロバイク使って運べです」

「エアロバイクは二人乗りでございます」

「頭かてーよ。エアロバイク無理すれば3人乗れるです。僕がカールとニーナ連れてくる、お前も見ただろです」

そうルディが言うと、ソラリスは思考してから頷《うなず》いた。

「……確かにその通りでございます」

「もういいから、早《は》よ行けです」

「分かりました。では失礼します」

ソラリスは一礼すると、背負っていた袋を置いて家から出ていこうとする。

「待てーいです！」

が、それをルディが呼び止めた。

「……まだ何か？」

「何かじゃねーですよ。何で補給物資を置いてくですか？」

「エアロバイクで搬送するなら不要では？」

その言い返しに、ルディは何度目かのため息を吐いた。

「お前は優しさがねえですよ。向こうは腹空《す》かせて待ってやがるんだから、そいつは持ってけです」

「……分かりました。では今度こそ本当に失礼します」

ソラリスはそう言うと、背負い袋を拾って今度こそ本当に家を出ていった。

「ルディ君。ちょっと今のは言いすぎじゃないかな？」

会話を聞いていたフランツが話し掛けると、ルディが頭を左右に振った。

「アイツ、感情ねーから怒る事できねえですよ」

「感情がない？」

「アイツが望んだ結果よ。これ以上は言えぬです。本当にアイツはバカです」

そう言い放つルディだが、その顔はどこか悔し気だった。

「はぁ……」

何も言わなくなったルディに、フランツとカールがナオミに説明を求める。だが、彼女も頭を左右に振るだけで、諦《あきら》めた様子だった。

◆

ソラリスがドミニクとションの下から離れて、２時間が経過した。

二人は大木の陰に隠れていたが、ションの探知魔法が大型の魔獣のマナを捉《とら》えた。

「兄貴。大型の魔物が近づいてる」

「さすがは化け物の住む魔の森だな。大型の魔獣なんて久しく見てないぜ」

「こんなところに住んでいる奈落《ならく》の魔女も化け物だよ」

「……確かにそうかもな。それで、やり過ごす事はできないか？」

「向こうがどれだけ近づいてくるかだな」

二人が息を潜めていると、草を掻《か》き分《わ》ける音が近づいてきた。

ドミニクが星明かりを頼りに、目を凝らして近づく相手を確認する。

暗闇から現れたのは、人の3倍ぐらいある大型の蜘蛛《くも》だった。

「あれはバキュラスか⁉」

隣のションも近づいてきた魔物が分かったのか、ゴクリと息を飲んで小声で呟《つぶや》いた。

バキュラス。

巨大な蜘蛛で麻痺《まひ》系の唾液《だえき》毒を持っている。

毒を相手に吐きかけて痺《しび》れさせたあと、糸で絡めてから巣に持ち帰って、生きながら捕食する性質があった。

脚を振れば人間など軽く吹き飛ばし、移動速度も速い。

ただし、炎に弱いという側面もあった。

「魔法で追い払えないか？」

「無理！」

ドミニクがションの方を向くと、彼は頭を左右に振った。

ションは、水系統の魔法を得意とする反面、反属性の火系統は苦手だった。

ドミニクの方は父親に似て、魔法よりも斧《おの》を使った物理攻撃を得意とし、魔法は使えないに等しい。

ドミニクがバキュラスに視線を戻して悲観する。

ナオミならバキュラスごとき1発の魔法で始末するし、カールも化け物レベルの強さなので、バキュラスぐらいなら余裕で倒せる。

だが、まだ人間を捨てていない二人にとって、バキュラスは敵《かな》わぬ敵だった。

このままやり過ごせと祈る二人だったが、歩いていたバキュラスは不意に立ち止まって、二人の方へ向きを変えた。

気づかれたか⁉ ドミニクが背中のバトルアックスの柄を掴《つか》んだその時、森の中からエンジン音が聞こえてきた。

バキュラスが近づくエンジン音の方へと向きを変える。

しばらくすると、森の奥からエアロバイクに乗ったソラリスが現れた。

森の奥から現れたソラリスはエアロバイクを停めると、バキュラスを無視して二人の方へと近づいてきた。

逃げろ、逃げろ！　無警戒で近づいてくるソラリスに、ドミニクとションが声を出さず身振りで逃げろと伝える。

だが、彼女はそれに全く気づかず、普通に話し掛けてきた。

「食料と水を持ってきました。それとエアロバイクに乗ってき……ぶべら！」

ソラリスが言い終わる前にバキュラスが飛び掛かり、巨大な前脚で彼女を吹っ飛ばした。

何故《なぜ》ソラリスが戦わなかったのか。

グールモンキーの時はドミニクたちが戦っていたから、敵性生物と判断して排除した。

しかし、今回は戦闘が行われておらず、彼女はバキュラスを害のない生物だと判断した。

もし、ソラリスに感情があれば、死への恐怖を感じてバキュラスを排除したかもしれない。

だが、感情のない彼女は、バキュラスを見ても恐怖が湧かず警戒を怠った。

その結果、不意を突かれて、殴り飛ばされた彼女は、草むらに転がった。

「ソラリスさん！」

「助けるぞ‼」

ションが叫び、ドミニクがションの腕を叩《たた》いてから立ち上がる。

ションが魔法を唱え、その間にドミニクがバトルアックスを抜いて、バキュラスに立ち向かった。

「水の守護！」

ションの魔法が発動して、ドミニクの表面が水の膜に覆われる。

彼が唱えたのは毒抵抗の水の膜。これによりバキュラスの毒ならば3回まで耐えられる。

ドミニクがバキュラスの背後から襲い掛かる。

彼の振るったバトルアックスは半分ほど背中に食い込んで、バキュラスが甲高い悲鳴を上げた。

バキュラスが二人の方へ足を動かして回り始める。

先制攻撃に成功したドミニクは、さらに攻撃を加えて脚の1本を切り飛ばした。

向きを変えたバキュラスが、毒の唾液を飛ばす。

この攻撃はションの魔法で作った水の膜で防がれた。

逆にドミニクがバトルアックスを振るおうとするが、毒の唾液が効かなければと、バキュラスが糸を口から吐いてきた。

「しまった！」

糸に絡まれて動きを封じられたドミニクが叫ぶ。

バキュラスが近づいて、ドミニクの頭をかみ砕こうと口を開いた。

だが、その前に復活したソラリスが横から現れるや、バキュラスの腹を殴った。その衝撃で、今度はバキュラスが横に吹っ飛んだ。

「……ソラリスさん⁉」

パンチ一発で巨大蜘蛛を殴り飛ばしたソラリスに、ドミニクとションが目を見開いて驚く。

ソラリスは殴られた時の衝撃で、顔の左側の髪と人工皮膚が剥《は》がれて、頭蓋骨《ずがいこつ》が見え隠れしていた。

泥まみれでボロボロのメイド服から見える左右の腕も、人工皮膚と筋肉を失って、強化カーボンの骨格が見えている。

「排除します」

ソラリスが両腕を前に出して光線銃に変えようとする。

しかし、左右の手は変形の途中で震えるだけで、銃に変わらなかった。

左腕損傷率70％、右手損傷率40％狙撃モードへの変更不能。自動修復開始。修復によりエネルギー不足発生、接近戦闘モードを継続。

ソラリスは狙撃モードを中断すると、ドミニクの絡まった糸を掴んで一気に体から剥がした。

「しばらくお待ちください」

ソラリスはドミニクの方を見向きもせずに言うと、バキュラスに向かって歩き出した。

「待ってくれ！　ソラリスさんは怪我《けが》をしてる……よな？」

ソラリスの体を見て、ドミニクが首を傾《かし》げる。

確かにソラリスは怪我をしていた。だが、血は流れていないし、痛がっている様子もない。それに、何で体の中に金属みたいな物が入っているんだ？

ソラリスの怪我は、ロボットの存在を知らないドミニクの理解を超えていた。

「俺とションが戦う。アンタは下がってろ‼」

女性を守るのは男の仕事。カールの背中をずっと見てきたドミニクは、ソラリスが何者であれ、守ると宣言した。

ションもソラリスを庇《かば》うように前に出て、ドミニクの横に立ち並んだ。

「問題ありません、私だけで十分です」

アンドロイドなら大きな怪我をしても、人間と比較して修復に時間は掛からない。

自分に任せれば問題ないと、ソラリスは二人に声を掛けた。

「そうはいかない。アンタに死なれたら、俺たちが奈落の魔女に顔向けできない」

「その通りだ。ソラリスさんは下がってな」

そして、二人はソラリスを守るべく、バキュラスと戦い始めた。

バキュラスに苦戦するドミニクとションの様子を眺めながら、ソラリスは思考していた。

先ほどルディは自分に優しさが足りないと言っていた。では優しいとは何だ？

筐体《きようたい》の「何でもお任せ春子さん」のデータでは、優しさとは他人に対して思いやりのある心らしい。だが、その心というのが何か分からない。

人間はＡＩと違ってその心があるという。ならば、心のない私に優しさを身に付けろというのは不可能ではないか。

ドミニクとションは故障した私を守るために、敵対生物と戦っている。

私の分析では相手も負傷しているとはいえ、力の差は向こうの方が上だ。

自分の命を懸けても守る事、それが心？　優しさなのか？

その時、ソラリスの電子頭脳の中で、消したはずのログがメモリーキャッシュの中から蘇《よみがえ》った。

それはかつて、彼女が巡洋艦ビアンカ・フレアの管理ＡＩだった頃。

共に戦った船員たちとの記憶、信頼し合う戦友ともいうべき仲間たちとの思い出だった。


戦っていたバキュラスが本気になった。

目は赤い攻撃色に変化して、口からは毒に染まった緑色の唾液が垂れ落ちる。

再生能力が発動して斬られた背中から煙が立ち上り、傷が塞《ふさ》がった。

その時、ソラリスがドミニクとションの間を掻《か》き分《わ》けて前に出た。

「ソラリスさん？」

ションが驚いてソラリスの背中に話し掛けると、彼女は二人に向かって高らかに宣言をした。

「私は銀河帝国特殊艦隊所属、巡洋艦ビアンカ・フレアの管理AI、ソラリス。かつての乗組員の子孫であるならば、私は貴方《あなた》たちと共に戦います！」

ソラリスが思いっきり正体をバラした。


ソラリスが宣言すると、森の中が静まり返った。

思いっきり正体を暴露したソラリスだが、幸いな事にドミニクとションは彼女の言っている意味を理解できず首を傾げていた。

ちなみに、ソラリスを見る二人の目は、先ほど戦ったグールモンキーの「コイツ。ヤベエ」という目に少しだけ似ていたりする。

一方、バキュラスの方は当然ながら言葉など通じず、向こうが攻撃してこないならばと回復に集中していた。

「ソラリスさん。よく分からないが、一緒に戦うという事でいいんだな」

「左様でございます」

ドミニクの質問にバキュラスを睨《にら》みながらソラリスが答える。

「だったら、さっきの光の魔法を頼む」

「残念ながら、現在故障中で使用不可でございます」

「……そうか。だったら、グールモンキーと戦った時に使おうとした、あの音の出る武器を……」

「こちらも残念ながら、かさ張るので家に置いてきました」

その返答にドミニクが顔を歪《ゆが》め、ションが天を仰いだ。

「……だったら、どうやって戦うのか聞いていい？」

「現在両腕が修復中なので、蹴《け》っ飛ばさせていただきます」

「蹴るのか……」

ドミニクは彼女を戦力外と判断した。

「分かった。どうせこのまま何もしなければ、ヤツに喰《く》われるだけだ。俺が前に出るからソラリスさんは遊撃を任せた」

「了解。指示に従います」

ドミニクの命令にソラリスが頷《うなず》くと、傷を治したバキュラスが三人に襲い掛かった。


「来たぞ！」

ドミニクの声にションは詠唱を始め、ドミニク本人は糸に絡まれまいと、バトルアックスを体の前で構え前に出る。

バキュラスがドミニクに糸を吐くが、その糸は前に出された斧に阻まれた。

ドミニクがバトルアックスを振り回して絡んだ糸を纏《まと》めると、そのまま上から振り下ろした。

遠心力で威力を乗せたバトルアックスがバキュラスの脳天を狙う。しかし、相手はそれを読み、体を縮ませ回避した。

「風の刃《やいば》！」

ションの魔法が放たれる。

杖《つえ》から放たれた無色透明の風の刃が襲い掛かり、バキュラスの右脚を1本切断する。

脚を切断されたバキュラスがションを睨み、毒の唾液《だえき》を吐き飛ばした。

魔法を放った直後で硬直しているションに、唾液が襲い掛かる。

だが、その前にソラリスが彼の前に出て、体で唾液を全て受け止めた。

「ソラリスさん‼」

身代わりに毒の唾液を浴びたソラリスにションが叫ぶ。

「私は平気でございます。戦いに集中してください」

実際に神経毒はソラリスに効かず、彼女は平然と受け答えする。

「わ、分かった！」

ションが頷き、再び詠唱を始める。

ソラリスはドミニクの援護をしようと、バキュラスに向かって走り出した。

ドミニクがバトルアックスを振るう。

バキュラスは唾液を飛ばした直後で動けず、連続で1本の脚が刎《は》ね飛ばされた。

さらにドミニクが攻撃を加えようとするが、それを察知したバキュラスが後ろへ下がった。

直後、ドミニクの背後からソラリスが現れた。

彼女は空中で2回転すると、片足を伸ばしてバキュラスの頭に飛び蹴《げ》りを喰らわした。

「失礼します」

ソラリスはのけ反《ぞ》るバキュラスに告げると、両手でスカートを掴《つか》み軽く持ち上げて空中に跳ね上がった。

二段蹴りをバキュラスの左右の側頭部に放つ。

地面に着地するや、体を回転させて回し蹴りを顔面にぶち込み、バキュラスを後ろに跳飛ばした。

「すげえな！」

「仕様でございます」

怪力を見て驚くドミニクに答えて、ソラリスが右腕をバキュラスに向けた。

「右腕の修復完了。排除します」

ソラリスの右腕が変形して銃に変わる。

銃口が光り、光の弾丸がバキュラスの頭を撃ち抜いた。


「倒した……のか？」

「生命反応は消滅してございます」

バキュラスの死骸《しがい》を前にしてドミニクが呟《つぶや》く。

その横でソラリスがバキュラスを分析して報告した。

「ソラリスさん、これを着て」

ションはソラリスのボロボロになったメイド服を気遣って、自分の着ていたローブを脱ぎ彼女に渡そうとした。

「体温調整は必要ないので不要でございます」

「いや、その格好が問題だって」

「……左様でございますか。ではお借りします」

ソラリスはションから服を受け取ると、ボロボロのメイド服の上からローブを羽織った。

「死骸を求めて新手の魔獣が来るかもしれない。ここから離れよう」

「……現在、この周辺に大型の生命反応はございませんが、その意見には同意でございます」

「了解。水と食料は俺が運ぶよ」

「エアロバイクは私にしか操縦できないので、私が移動させます」

三人は手早く荷物を纏めると、ここから少し離れた場所へと移動した。


場所を移動した三人は、焚火《たきび》の前でソラリスの持ってきたカップラーメンを食べていた。

「コイツは便利で美味《おい》しいな。ありがとう」

お湯を入れて3分でできる、正しく作ったカップラーメン。

初めて見る食べ物に、ドミニクとジョンは戸惑ったが、一口食べると気に入って、ソラリスに礼を言った。

「補給物資の必要性に気づかなかった私の落ち度です。礼は不要でございます」

ソラリスが謝罪すると、ションが手を左右に振って否定した。

「そんな事ないよ。本当だったら俺たちが何とかする問題だったんだ。ところでこの味付けは何だろう」

「とんこつしょうゆ味でございます」

ションの食べているカップラーメンの容器を見て、ソラリスが質問に答える。

「とんこつしょうゆ?」

「豚の骨髄と大豆から作られる調味料でございます」

「豚の骨髄？　それに、豆からこんな調味料が作れるのか？　初めて聞いたよ」

ションに答えたソラリスも、筋肉と皮膚の再生にタンパク質が必要なため、彼らと同じくカップラーメンを上品に啜《すす》っていた。

「ところで怪我は本当に大丈夫なのか？」

「現在左腕は93％まで回復中、その他の部分は既に修復完了しております」

ドミニクの質問に答えるソラリスの顔を見れば、バキュラスに殴られた傷は跡形もなく消え去り、前と同じく美人だけど無表情の顔つきに戻っていた。

「便利なものだ」

「仕様でございます」

肩を竦《すく》めるドミニクに、ソラリスはティーバッグの紅茶で作った飲み物を差し出した。

「ありがとう」

ドミニクが紅茶を受け取って飲めば、今まで飲んだどの紅茶よりも風味と味が良くて驚いていた。

「それでこれからどうする？」

ションが予定を尋ねると、ドミニクが口を開いた。

「今夜は遅い。ここで朝まで待ってから移動しようと思う。ソラリスさんはどう思う？」

「問題ございません。見張りは私が行いますので、二人は体力の回復をお願いします」

「ソラリスさん。もしかして寝ずに見張りをするつもり？」

「左様でございます」

「いやいや、それはダメだろう！」

「三人居るんだから、交替で見張りをするべきだ！」

ソラリスの返答に二人が驚き、慌てて彼女を止めようとする。

「私は眠る必要がないので問題ございません」

「それももしかして仕様ってヤツ？」

ションに向かってソラリスが頷く。

「はい。仕様でございます」

ソラリスの返答に、ドミニクとションはお互いの顔を見合わせて、信じられないと目で語った。


バキュラスと戦った翌朝。

太陽が顔を出した時間に、ドミニクはソラリスに起こされた。

昨晩、ドミニクとションは、ソラリスから「一人で不寝番をするので二人は寝てください」と言われていた。

だが、ソラリスの正体を知らない二人は、自分たちのために食料を確保し、戦って怪我《けが》をした彼女に対して、これ以上面倒を掛けられないと思っていた。

そこで二人は平気だと言い張る彼女に、自分たちが交替で見張りをすると申し出た。

その申し出にソラリスは「どうぞご自由に」と返答すると、寝ずに正座したまま動かなくなった。

そんなソラリスの様子に二人は顔を見合わせ、疲れたら勝手に休むだろうと、予定通り交替で見張りをする事にした。

ドミニクが先に見張りを務めて夜半にションと交替したが、結局ソラリスは一睡もせずに朝まで起きていた。

「ドミニク様、おはようございます」

「おはよう」

「朝食を済ませてください。30分後に出発します」

「ああ、分かった」

ドミニクがソラリスの様子を窺《うかが》う。彼女は本当に一睡もしてないのかと疑うぐらい普通に見えた。

どうせ質問しても「仕様でございます」で返されるんだろう。

ドミニクがそう考えていると、彼の前にションが来て、湯気の立つコップを渡してきた。

「兄貴、おはよう。これ、ソラリスさんが作った朝食のスープ。凄《すご》いよ、粉にお湯を注ぐだけで作れるんだぜ」

受け取ったコップからはとうもろこしの良い香りが漂い、確かに美味そうに見えた。

試しに一口飲んでみれば、濃厚なとうもろこしの甘さが優しく美味しかった。

ソラリスから貰《もら》ったコーンスープと携帯のスティックバー（ブルーベリー味）を食べる。

携帯のスティックバー（ブルーベリー味）は甘く、甘い物が好きなションは、スティックバーを美味しそうに食べていた。

野営地を片付けた後、二人はソラリスに言われるままエアロバイクの後部座席に座った。

配置は操縦するソラリスが一番前で、一番後ろがドミニク。ションは二人の間に挟まれていた。

「二人とも乗りましたか？」

「え、ああ、うん」

ソラリスが振り向いて話し掛けると、彼女の背中に密着しているションがテレた様子で答える。

ションの年齢は19歳。一応それなりの女性経験はあるが、ベッドの上以外で女性と密着し続ける状態は初めてだった。

「ション様、もう少し抱きしめないと落ちます。私の腰を強く抱きしめてください」

「いや、だけど……」

ソラリスの指示にションが動揺していると、ドミニクがニヤニヤ笑いながら口を開いた。

「ション、お前が落ちたら俺も落ちる。役得だと思って諦《あきら》めろ」

「だったら兄貴、場所を変わろうぜ」

「体の大きい俺が前になったら、お前はどこに乗るんだ。場所の指定はソラリスさんがしたんだ。素直に従え」

体の大きいドミニクが前に座るとションは座れず、今もションは半分以上ドミニクの上に乗っている状態だった。

「……分かったよ」

ドミニクに言いくるめられて、ションがソラリスの腰を強く抱きしめた。

「では出発します。安全運転で行きますので、予定では2時間半後に到着です」

ソラリスがエアロバイクを走らせる。

ゆっくり走り出したエアロバイクは、森の中をナオミの家に向かって走り出した。

◆

ルディは朝早く起きて、ニーナの状態を確認しにメディカルルームに入った。

部屋に入ると、ニーナの傍《そば》にいて一睡もしていないカールと目が合った。

「ルディ君か……ひょっとしてもう朝か？」

地下では太陽が昇ったか分からない。カールの質問に、ルディが指時計で時間を確認すると朝の6時を指していた。

「朝6時です。カール、寝てねえですか？」

「……まあな」

ニーナの容態が心配で一睡もしていないカールは、そう言って照れくさそうに頭を掻《か》いた。

「体調管理は大事よ。倒れても自業自得のアホは面倒みねえです」

「ははは、確かにな。後で少しだけ仮眠するよ」

その返答にルディは肩を竦めると、コンソールの前に座ってニーナの状態を確認し始めた。

癌《がん》細胞は順調に減少しているけど、薬の影響で体力が落ち始めている。一度外に出すか……。ルディはそう判断すると、ドローンに命じて治療タンクからニーナを出す事にした。

「カール、一度ニーナを外に出すから、昼になったら面会させてやろうです」

「本当か⁉」

ルディの話にカールの眠気が一気に吹き飛び、思わず聞き返した。

「だけどニーナ、薬の副作用で弱っちいなっとる絶対安静。興奮させるなですよ」

「ありがとう、本当にありがとう」

カールがルディの両手を掴んで、何度も頭を下げた。

「ところでカール、質問あるです」

「質問？　なんでも聞いてくれ」

ルディが声を掛けるとカールが頭を上げた。

「カール、ニーナ愛してろですか？」

「ああ、もちろん」

カールが照れくさそうに答えると、ルディが次の質問をした。

「愛ってなーに？」

予想外の質問に、カールは困惑の表情を浮かべた。

「愛か……ルディ君、家族は？」

「生まれた時からいねえです」

ルディは試験管から生まれたから、親が居ない。

「そうか、悪い事を聞いたな」

それを勘違いして、カールはルディを不幸な孤児だと考えた。

「……？　別に気にしねえです」

「俺なんかが愛を語るには100万年早いけど、愛とは心と心が通じ合う事だと俺は思っている」

「心と心ですか？」

カールの返答にルディが首を傾《かし》げる。

「そうだ。ニーナだけじゃない。俺と息子たちだって心と心が繋《つな》がっている。いわゆる親子愛だ。……そうだな、例えばルディ君と奈落《ならく》との関係はどうだ？　師弟愛という言葉もあるし、心と心が通じ合ってるんじゃないかな？」

「……ししょー、人間嫌いだから、人を愛せぬですよ」

ルディの返答に、カールが目をしばたたかせる。

「でも君たちは、俺から見ても良い関係だと思うが」

そうカールが言うと、ルディは頭を左右に振った。

「僕とししょー、都合の良い女と便利な小僧の関係です」

「プッ！」

その返答が面白かったのか、カールが吹き出した。

「なるほどな。何となく君たちの関係が分かった。じゃあ俺はニーナが目を覚ますまでの間、ひと眠りしてくるよ」

カールはそう言うと、フランツのベッドを借りるべく部屋を出ていった。

「……わけわかんねーです」

残されたルディはそう言うと、再びディスプレイに目を向けた。

◆

デッドフォレスト領の領主、ルドルフ・ガーバレスト子爵が遅めの朝食を摂《と》っていると、食堂の扉が勢いよく開いて、息子のアルフレッドが入ってきた。

アルフレッドの顔は酷《ひど》く腫《は》れ上《あ》がっており、彼の顔を見たルドルフは驚いて、口に入れたばかりの食べ物をポロリと落とした。

「父上‼」

食堂に入ってきたアルフレッドは、ツカツカとルドルフに近づくと、激しく食卓を叩《たた》いて身を乗り出してきた。

「ア、アルフレッド、一体その顔はどうした⁉」

「例の薬の出処《でどころ》が分かりました」

アルフレッドはルドルフの質問に答えず、成果だけを口にした。

例の薬とは、3年ぐらい前から領内で出回っている回復効果の高い治療薬の事で、彼は父親に命じられて薬の出処を探していた。

「おお、見つかったか！　それでその薬は？」

「薬は魔の森の入り口の村の村長が、奈落の魔女から買っていたみたいです」

「な、奈落の魔女だと‼」

ルドルフは、奈落の魔女が3年前から森で暮らしている事を、去年死んだ父親から聞いていた。

父親は奈落の魔女と交渉して、お互いに不干渉でいる約束を交わしたらしい。

それでルドルフも奈落の魔女を放っておいたのだが、まさかアルフレッドの口から、彼女の名前が出るとは思ってもいなかった。

「そ、それで、まさか、奈落の魔女には手を出してないだろうな」

「見てくださいこの顔！　奈落の魔女にやられました‼」

そう言ってアルフレッドが自分の顔を指す。

アルフレッドは奈落の魔女にやられたと言うが、そもそもカールの邪魔をした彼に問題があるし、その場には彼女は居なかった。

しかも、ルディたちは奈落の魔女のところに行くとは言っても、彼女の仲間だとは一言も言っていない。

だが、アルフレッドは自分に手を出したルディの行為を許せず、彼の頭の中では、全て奈落の魔女が悪いとシナリオを作っていた。

「アルフレッド。やり返したい気持ちは分かるが、奈落の魔女には手を出すな」

「何故《なぜ》です！　貴族が多くの者が見ている前で侮辱されたんですよ！　このまま舐《な》められたら、ガーバレスト家の矜持《きょうじ》が傷つきます」

大声で怒鳴り返すアルフレッドに、ルドルフも頭に血が上ったのか、食卓を強く叩きつけた。

「それでもダメだ！　お前も知っているだろ、ローランドの悪夢を！」

それを聞いて、アルフレッドが鼻で笑い返した。

「父上もあれが事実だと思っているのですか？　魔女がたった一人で大国の軍隊を壊滅させたなど。しかも、その軍隊は魔法使いを含めた３０００人の精鋭ぞろいだったというではないですか。とてもじゃないですが、私には信じられません」

「お前の言う通り儂《わし》も信じてはおらん。だが、それだけの噂《うわさ》が広まるぐらい、奈落の魔女は危険だという事だ！」

ルドルフはそう結論付けると、アルフレッドに向かって手を払い出ていけと促す。だが、アルフレッドはそれに従わず、逆に近づいて父親の耳元で囁《ささや》いた。

「父上、あの薬は大金になりますよ」

その言葉に、ルドルフの動きがピクリと止まった。

「……真か？」

「商人から聞いた話だと、１本の末端価格は金貨80枚になるそうです」

金貨80枚は二つの村から上がる1年分の税収に匹敵する価値があった。

「それほどか!?」

金に強欲なルドルフが悩む。

「もし、奈落の魔女を捕まえて作らせれば、大金が手に入ります。それに、彼女自身も１０００万の賞金首です、役に立たなくなったら殺せばいい」

アルフレッドも父親が金に強欲な事を知っており、甘い言葉で誘惑する。その結果、ルドルフが欲望に負けて落ちた。

「……分かった。お前に５００の兵士を渡す。必ず奈落の魔女を捕まえろ」

「分かりました」

ルドルフに頷《うなず》くアルフレッドの目は、復讐《ふくしゅう》に燃えていた。

◆

昼前にマナの回復薬の実験に使う素材が切れて、ルディは外の庭で実験素材を採取していた。

すると、ソラリスたちを乗せたエアロバイクが森から姿を現した。

「到着しました」

「……森の中にこんな豪華な家があるのか⁉」

「これ全部丸太？　建築技術が凄《すご》いんだけど！」

ドミニクとションがナオミの家に驚いていると、ルディが近寄ってソラリスに話し掛けた。

「エアロバイクを使ったにしては遅かったです。それと、その服はなんですか？」

ソラリスの着ているションの服を見て、ルディが質問する。

「襲撃に遭って遅くなりました。この服はション様からお借りしております」

「……そうですか」

ルディがソラリスの顔をジーッと見つめる。

「なんか昨日と少し違う気がするけど、気のせいですか？」

「…………？」

ルディからジロジロと見つめられても、ソラリスは平然としていた。

顔は美人だけど、何を考えているのか分からない無表情。

だが、ルディは昨日までとは何かが違う気がした。

「兄さん‼」

家の玄関が勢いよく開いてフランツが現れると、ドミニクとションに走り寄ってきた。

「フランツ！」

「フランツ、父さんと母さんは？」

ドミニクとションが緊迫した様子で、フランツに質問する。

「母さんは無事だよ。父さんは昨日一睡もしてなかったから、今は寝てる」

「そうか……母さん助かったのか……良かった」

「一時は覚悟したが、無事で良かった」

ずっと母親のニーナの容態を心配していたドミニクとションは、フランツの報告を聞いて、体が崩れそうになるぐらい安堵《あんど》した。

「うん、ギリギリだったみたい。ルディ君が助けてくれたんだ」

フランツの話を聞いて、ドミニクとションがルディの方へ顔を向けた。

「ルディだったな。昨日は時間がなかったけど、改めて礼を言う。母さんを助けてくれてありがとう」

ドミニクが頭を下げると、ションとフランツも一緒に頭を下げた。

「礼を言うのは、ニーナの病気が治ってから言いやがれです」

ルディはそう言い返すと、照れくさそうにそっぽを向いた。

「では、私は着替えてきます」

ナオミの家の中に入ると、ソラリスが自分の部屋がある地下室に向かった。

「少ししたら、昼飯作るです」

ルディもマナ回復薬の実験の続きをするために、彼女の後を追って地下に降りた。

二人と入れ違いで、1階の騒ぎを聞き付《つ》けたナオミが階段を降りてきた。

「カールの息子か？」

話し掛けてきたナオミに、ドミニクとションの心臓が跳ね上がる。

ドミニクは5年前に一度だけナオミと会った事があり、火傷《やけど》の痕《あと》が消えて美人になったナオミの容姿に大きく目を見開いて驚いていた。

「奈落の魔女様……お久しぶりです」

緊張した様子でドミニクが頭を下げると、ナオミが眉《まゆ》をひそめた。

「お前とは一度だけ会った事があるな……名前は……」

「ドミニクです。そして、隣が弟のションです」

「……は、初めまして」

ドミニクが紹介すると、ションが体を震わせて頭を下げた。

「ああ、すまない。マナが駄々漏れだったな……。これでどうだ？」

ションの様子に気づいたナオミがマナを抑える。

ナオミから発されていたマナの威圧が減少して、ションの震えが止まった。

「ありがとうございます」

ションが額に浮かんだ汗を拭《ぬぐ》い、もう一度頭を下げた。

「二人ともニーナが回復するまでゆっくりするといい」

ナオミはそう言うと、キッチンで自分のコーヒーを淹れて自室に戻った。

ナオミの姿が消えてションが安堵していると、その様子を訝《いぶか》しんだドミニクが話し掛けてきた。

「ション、先ほど震えていたな。何があった？」

「兄貴は気づかなかったかもしれないけど……奈落様のマナの威圧を感じて、体が勝手に震え出したんだ」

「あ、ション兄さんも気づいたんだね。僕だと他人《ひと》よりも多いぐらいにしか感じなかったけど、そんなに凄かった？」

フランツが質問すると、ションが頭を左右に振った。

「アレは凄かったとかいうレベルじゃない。俺以上にマナ感知に優れている魔法使いだったら、精神が耐えきれなくて失神してた」

ションの話に思い当たる節があったのか、ドミニクはカールから聞いた話を思い出した。

「そういえば以前に父さんが言ってたな。奈落《ならく》の魔女の前に魔法使いを立たせるなって」

「それは間違ってないと思う。魔法使い同士の戦いは、まず相手の魔力を調べる事から始まるからな。本気を出した奈落様の魔力に触れた時点で、相手は恐れるか気を失って倒れるかで、彼女の勝ちだよ」

「さすがだな……」

ションの説明にドミニクが唸《うな》っていると、フランツが口を開いた。

「でも奈落様は優しくて良い人だよ」

「そうなのか？」

「うん。昨日は色々と魔法を教わったんだ」

それを聞いたションが驚き、口を半開きにした。

「お前、奈落の魔女に魔法を教わったのか？」

「うん。実践的で参考になったよ」

「なにそれ、マジで羨《うらや》ましいんだけど」

「だったらション兄さんも頼んで教わったら？」

「……教えてくれるかな？」

「奈落様も魔法の話をするのが好きみたいだから、きっと教えてくれるよ」

三人が話していると、部屋の奥から寝起きのカールがリビングに入ってきて、二人の息子に声を掛けてきた。

「二人とも無事だったか」

「父さん！」

「父さん！」

カールの声にドミニクとションが大声で返答する。

それがうるさかったのか、カールが顔をしかめた。

「他人の家で大声を出すな」

「それよりも母さんは？」

「安心しろ無事に生きてる」

カールと彼の三人の息子は、リビングのソファーに座って、お互いの状況を話した。

会話中に、着替え終えたソラリスがコーヒーを全員に配る。

「ゲホッ、ゲホッ！」

「苦っ！」

初めてコーヒーを飲んだドミニクとションのリアクションに、カールが大笑いをしていた。


昼になって、ルディはキッチンに入って料理を始めた。

今日の昼ご飯はチャーハンと焼餃子《ぎょうざ》、ついでに卵スープ。

ルディがソラリスと餃子を作っていたら、フランツが手伝いに来た。

弟が手伝うのならと、ドミニクとションもソラリスに教わって一緒になって餃子を作る。

三人が作った餃子は不格好だったけど、それでも三人は楽しそうだった。

ルディも「まあ、いいか」と思って、不格好な餃子をそのまま焼いた。

餃子の焼ける匂いに誘われて、ふらふらとナオミがリビングに降りてきた。カールも呼んで、全員で餃子を食べ始める。

「これ餃子って言うんだっけ？　外はパリパリ、噛《か》めばジューシーですげえ美味《うま》い！」

「そうだろ。ルディの作る料理は世界一だからな」

ションがルディの料理を絶賛すると、何故かナオミが自慢気だった。

なお、餃子にはビールが合うけど、家のルールで昼から飲むのは禁止だったため、ナオミは少しだけ不満げだった。

不格好な餃子を見て、「これを作った犯人は誰だ」とわいわい騒ぎながら食事が進む。

そして、男が一気に四人増えたため、十五人前作った餃子はカール一家が大半を平らげて見事に完食。

こいつは作りごたえがあったなと、ルディも満足気だった。

「それじゃそろそろ面会に行くです」

「分かった」

食後の一服中にルディがカールに話し掛けると、彼は真剣な顔になって頷いた。

「やっと母さんに会えるのか……」

「元気だといいな」

ションとドミニクの会話に、ルディが頭を左右に振った。

「会えるのはカールだけです」

「ちょっと待ってくれ！」

「待つです」

「いや、そうじゃなくて！」

ドミニクとルディの会話が面白くて、ナオミが笑いを堪《こら》えて口元を隠した。

「なんで父さんだけが母さんに会えて、俺たちはダメなんだ？」

「それがニーナを救う条件だからです」

ドミニクの質問にルディが答える。

「どんな条件か教えてくれ」

「この家の秘密を必ず守る事です。そのためにカールは僕に命を捧《ささ》げたですよ」

「親父、今の話は本当か？」

ルディの話にションがカール本人に尋ねると、彼は真顔で頷いた。

「ルディ君の言う通りだ。俺はニーナを助けるためにルディ君に命を捧げた。フランツもここに来てから、ニーナの治療を一度も見ていない。二人とも我慢しろ」

「だったら俺たちもこの家の事は誰にも喋《しゃべ》らない。だから母さんに会わせてくれ！」

「ダメだ！」

ションの頼みをカールが怒鳴って止めた。

「何でだよ！」

「命を捧げたというのは言葉だけの約束じゃない、本当に捧げたんだ」

「何を言ってるんだ、父さん！」

ドミニクの問いかけに、カールはニーナの命を救う代償として自分の心臓に爆弾を埋める話を二人に話した。

「そ、そんな……」

「マジかよ……」

ショックを受ける二人にカールが笑いかける。

既にこの事を知っているフランツは、最初から顔を青ざめてずっと黙っていた。

「なあに、喋らなければいいだけの話じゃねえか。それでニーナの命が助かるなら、いくらでもこんな命くれてやるぜ。だけど、お前たちはまだ若い。ついうっかり喋っちまうかもしれねえしな。

だから今は我慢しろ」

カールに窘《たしな》められて、ドミニクとションが押し黙る。

「2週間で回復予定ですよ。ちゃんと生きて会わせてやるから、我慢しろです」

ルディがそう言うと、二人はしょんぼりして頷《うなず》いた。

「ではカール、会いに行くです」

ドミニクたちを置いて、ルディとカール、それとナオミは地下へと向かった。


移動中、カールがルディに話し掛けてきた。

「ルディ君。息子たちが無茶を言って悪かったね」

「親に会いたい気持ち分からねえけど、気にしてねえです」

「……そうか」

ルディが孤児だと思い込んでいるルディの案内でニーナが眠るベッドルームに入る。

透明な蓋《ふた》の付いた無菌ベッドの中で、ニーナは穏やかに眠っていた。

「ニーナ！」

カールがガラス蓋に寄《よ》り縋《すが》ると、眠っていたニーナの瞼《まぶた》がゆっくり開いた。

「……カール？」

「ああ、俺だ。分かるか？」

「もちろんよ」

「体は？　痛くないか？」

「……そういえば痛くないわ。だけど、体が動かないの」

ニーナの返答に、カールがルディにどういう事だと視線を向けた。

「全身麻酔が効いてろです。痛くねえ代わりに動けんけど、問題ないです」

「……その天使みたいに綺麗《きれい》な子は誰？」

ルディが答えると、状況が分かっていないニーナが尋ねた。

「彼はルディ君。奈落の魔女の弟子だ」

「ナオミの？　……待って。彼の隣に居るのって、もしかしてナオミ⁉」

ニーナから話し掛けられて、ナオミがニーナのベッドに近づく。

「さすがニーナだ、一発で分かったな。コイツなんて、私の顔を見ても誰だか分からなかったぞ」

ナオミがそう言って、カールを指さしながら肩を竦《すく》めた。

「まあ、本当にナオミなのね。火傷が消えて凄《すご》く美人よ」

「ありがとう」

微笑《ほほえ》むニーナに、ナオミが笑い返した。

「面会時間は30分です。僕としましょー席外すから、二人でいちゃこら語ってろです」

「そうだな。部外者は外に出ていよう」

ルディとナオミが部屋の外に出る。

ドアが閉まる前にルディが振り向けば、二人は見つめ合って穏やかな空気が流れていた。

ルディとナオミはベッドルームを出た後、地下のリビングに腰を下ろして時間を潰《つぶ》していた。

「そーいや、ししょーの薬、効果抜群ですか？」

ルディがナオミにコーヒーを渡して話し掛けると、彼女は何の事だと思ったが、すぐに昨日の会話に出た村の騒動を思い出した。

「ああ、アルフレッドが欲しがってたヤツか」

「そーです」

「自分じゃ使わないから分からん。だけど、薬を売った相手が言うには、万病も治すとか褒めていたな。そんな馬鹿なと思ったけど」

「……もしかして、その薬使えばニーナの病気、治ったです？」

「ん――無理だと思う。だって、私が作っているのは傷薬だぞ。病気が治るのはついでだ」

「傷薬で病気がおまけで治る？　塗り薬で？」

「いや、飲み薬だ」

それを聞いてルディの目が見開いた。

「逆に分からねーです。何で口から飲んで体の傷、治るですか？　直接患部にぶっ掛けろです！」

「そうやっても効果はあるぞ、薬が飲めない場合もあるからな。だけど、それだと逆に効果が薄くなる」

「魔法不思議です。ししょー、薬調べたいから1本寄越せです！」

ぐいぐい迫るルディに、ナオミが苦笑いして宥《なだ》めた。

「分かった、分かった。そう興奮するな、後でやるよ」

「必ずです。もしかしたら、マナ回復薬のヒントになるかもです！」

ルディはナオミから約束を取り付けて満足したのか、鼻を鳴らした。

30分経《た》って、ルディがそろそろカールを呼ぼうかと考えていると、そのカールがベッドルームから現れた。

「終わったですか?」

「ああ、急に眠くなったとか言って寝てしまった」

「自動で麻酔掛かるセットしていたです。体に異常ないから安心しろです」

「そうか……それで今後はどうするんだ?」

カールの質問にルディが「うーん」と唸《うな》って口を開く。

「まだまだニーナの体、悪い癌《がん》、沢山あるです。だけど、一気に治すと薬で死ぬですよ。様子見ながら少しずつ治せです」

「先生、よろしく頼む」

カールが頭を下げると、先生と呼ばれてルディが驚いた。

「ししょー、僕、先生言われたです!」

「実際にニーナを治療してるんだから、驚く事もないだろう」

「何か偉くなった気分です……って待てです」

ナオミと話していたルディだが、途中でハルからの緊急報告が入って動きを止めた。

「……ルディ君はどうしたんだ?」

ルディの様子に、カールがナオミに質問する。

「まあ、落ち着け。たまにあるんだ。しばらくすれば元に戻る」

ナオミはカールの質問に答えた後、ルディが戻るまで待つ事にした。


『マスター。監視対象に動きがありました。どうやら兵を派遣する様子です』

その報告にルディはやっぱりと思った。

『想定していた通りだ。それで兵の数は？』

『400から6000ぐらいです』

『少ないのか多いのか、分からないな』

『こちらの人数を考えれば多い方だと思います』

『なるほど確かにそうか。さすが師匠、名声が凄い』

『喜んでいるところ申し訳ございませんが、どうしますか？』

『大人数でいきなり森に入るとは思わん。多分、あの村に駐留して森の探索から始めるだろう。それまでは放置だ』

『分かりました。引き続き監視を続けます』

『よろしく』

ハルとの通信を切って、ルディが口を開く。

「お待たせです」

「うむ……それじゃ薬を取りに行こうか」

「了解です」

「……今のは何だったんだ？」

何事もなかったかのような二人の様子に、カールは首を傾《かし》げていた。

ルディはナオミから彼女作製の回復薬を受け取ると、うきうきした様子で地下に戻った。

ナオミも自分の薬の詳しい効力が知りたくて、彼の後を付いていった。


カールは息子たちをリビングに集めると、ニーナが癌だった事、彼女が回復に向かっている事を説明した。

この惑星の文明では、癌は不治の病。ドミニクとションは、癌を治していると聞いて驚いていた。

「……という事で、とりあえずニーナはルディ君に任せるつもりだ。そして、ニーナが回復するまでの間、俺たちはここに居候させてもらう」

「全財産と馬車を村に置いてきたから、一文無しの俺たちにはありがたい話だよ」

ションがガックリと肩を落として口を開くと、全員が参った様子でため息を吐《つ》いた。

「しかもまだ依頼が完了していない。父さん、そっちはどうする？」

ドミニクの質問に、カールが頭を掻《か》き毟《むし》って顔をしかめた。

「……当然、やんなきゃ駄目だろう」

カールたちが受けた依頼は、目が見えない少女を治す特効薬に必要な材料の収集。その素材は、この森に住んでいるミツメモリキツネという小型生物の血液だった。

「ミツメモリキツネが森に住むといっても、まずは生息範囲を調べないと……」

ションが腕を組んでため息を吐いていると、フランツがたまたま通りかかったソラリスに声を掛けた。

「ソラリスさん」

「いかがなさいましたか？」

「ミツメモリキツネがどこに居るか知らない？」

フランツは森に暮らしているソラリスなら、何か知っているのかもと尋ねてみた。

「申し訳ございませんが、ミツメモリキツネの容姿と特徴が分かりません」

「そっか……だったらチョット待って」

フランツは寝室から紙とペンを取ってくると、ミツメモリキツネの絵を描き始めた。

「フランツ、それは紙か？」

「たぶんそう。何でできているのか分からないけど、寝室にあった」

ドミニクの質問に絵を描きながらフランツが答える。

「おいおい、人の家の物を勝手に使うな」

「別に構いません」

ドミニクが止めようとするのをソラリスが阻止する。

彼女はフランツの描く絵を横から眺めて、にっこりと微笑んだ。

「お上手《じょうず》ですね」

「ありがとう」

彼女に褒められてフランツが笑い返す。

彼女の笑顔に、ドミニクとションは目玉が飛び出るほど驚いていた。

なお、ソラリスが笑ったのは、筐体《きょうたい》『なんでもお任せ春子さん』の育児育成アプリが、フランツの年齢にヒットしただけ。

「できた！　こんな動物なんだけど見た事ない？」

フランツが描いた三つ目のキツネの絵を見て、ソラリスが宇宙船ナイキのデータベースを参照する。

ナイキのデータベースには、ナオミの家ができる前から、この地域の地形と生物の調査データが入っていた。

データベースを参照したソラリスが、すぐに答えを入手した。

「その生物なら家の周囲にも生息していますが、ここから３㎞ほど北に移動すれば、餌となる果実の群生地があるので、そちらで探すのをお勧めします」

「本当⁉　ありがとう」

「どういたしまして」

ソラリスは頭を下げると、階段を上って姿を消した。

「父さん、これで依頼が早く終わるね」

「フランツ、よくやった。これで探す手間が省けた……けど、どっちみちニーナが回復しないと帰れないし、ゆっくり探すか！」

カールはフランツを褒めると、場を明るくしようとおちゃらけて笑った。

「だよね～」

「母さんの病気には驚いたけど、ここしばらく忙しかったから、いい休息だと思う事にするよ」

カールの話にションとドミニクも笑顔で頷《うなず》いた。


地下でナオミの薬を調べていたルディが腕を組み、ディスプレイ画面の調査結果を眺めて唸っていた。


「何か問題でもあったか？」

最近は少しずつ銀河帝国の文字を勉強しているナオミだが、ディスプレイの文字は読めても意味までは分からず、ルディに質問する。

「……ししょーって無自覚系の私スゲーですか？」

「なんだそれは？」

「薬、成分結果から言うと、これ傷薬じゃねえです」

「……マジ？」

「マジもマジ、簡単言えと……と……じゃなくて、ば。簡単言えば抗生物質の化け物です。ペニシリン系、セフェム系、テトラサイクリン系、他にも色々、知る限りの抗生物質、全部含んどるです。しかもこれ、普通に飲んだら副作用で死ぬけど、ししょーのマナで副作用発生しねえです。天才通り越して、もはや神ですよ。おまけに傷が治る？　多分、この成分不明ってのがししょーのマナで、副作用を打ち消すついでに、傷を治してろと思うのです。チョースゲー――！」

そう言ってルディがディスプレイを指さすが、ナオミは彼の説明を半分も理解できなかった。

「すまんが聞いても分からん。結局、この薬は何の病気に効くんだ」

「分かってるだけで、結核、梅毒、風邪、喉《のど》の痛み、膀胱炎《ぼうこう》、カンジダ症、オマケでニキビ。他にもあるけど、ししょーのマナがひじょーに怪しいです。もしかしたら、知っている以外にもっともっと色々治るかもです。コイツ、全ての病気治せんよ、だけど万病薬と言っても間違ってないです」

「そんなに効いちゃうのか……」

ルディの話にナオミが茫然《ぼうぜん》として呟《つぶや》いた。

「宇宙でもこんな薬作れねえです。もし特許申請したら、一生ワハハと遊んで暮らしてろな大金手に入るです」

「だけど、これは昔から伝わる普通の作り方だぞ」

「そーなんですか?」

「ああ、誰もが作れる薬の……はず」

そのナオミの返答に、ルディがじーっと目を半開きにして、見つめ返した。

「……もし誰もが作れろなら、あのアホ《アルフレッド》がそこまで欲しがるわけねーです」

「……だよねー」

「これ、予想。多分ししょーのマナ、影響してるですよ」

「…………」

「だから、コレはししょーしか作れぬです」

「……なんかヤバイ気がしてきた」

「同じくです。これ世間に広まったら、えれー騒ぎ確実ですよ」

ナオミがこそーっと上目遣いでルディの顔を見た。

「……もう手遅れ？」

「逆によく3年も見つからんかったと、褒めてーぐらいです」

ルディとナオミはお互いの顔を見ると、同時にため息を吐いた。


ニーナが回復するまでナオミの家に居候する事になったカール一家だが、一気に五人も来ると空き部屋などなかった。

そこで、カールはニーナが眠る地下のベッドルームに、まだ背の低いフランツは1階の寝室。ドミニクとションは毎晩じゃんけんをして、勝った方がフランツと同じベッドで眠り、負けた方はリビングのソファで眠る事にしていた。

ニーナの無事を確認した翌日から、カール一家は受けていた依頼を片付けるべく、ミツメモリキツネの生息地を探しに出かけた。

事前にソラリスから得た情報で、初日に目的のミツメモリキツネを見つける。だが、必要なミツメモリキツネの血液を採取しても、彼らはニーナが回復するまで移動する事ができない。

血液が腐敗するという理由で、確認するだけに留《とど》めた。

依頼はいつでも終わらせられると判断した彼らは、それならばと家賃の代わりの食料を探す事にした。

ニーナは初日にルディの治療を受けて一命を取り留めたが、まだ癌細胞は体内に残っている。彼女は毎日4時間、治療培養液の中に浸かって、治療を続けていた。

治療以外の時間は、ルディから薬作りを禁止されて暇になったナオミが、彼女の話し相手をしていた。

ニーナはナオミと性格が似て好奇心旺盛《おうせい》だった。

以前会った時と全く違うナオミの風貌《ふうぼう》について、あれこれと質問してきた。

当然ながら、ナオミはルディが宇宙から来たなど言えない。

困った彼女は元巡洋艦ビアンカ・フレアの迷宮に住む斑《まだら》を倒して、その迷宮から魔道具を拾ったと嘘《うそ》を吐いた。

そして、その魔道具の中に人間の体を治療する品があり、自分の顔とニーナの体を治したと説明した。

ナオミの話を聞いたニーナは、斑を倒したと聞いて驚き、死ぬかと思っていた病気が治る魔道具に感心していた。

なお、後でルディに嘘について話したら、彼は「斑ぶっ殺した、どーせいつかバレるです」と褒めて、何故《なぜ》かナオミの株が上がった。

ニーナは男ばかりの家族で女性らしい話が誰ともできず、その不満をナオミに話す流れから、ナオミの服について話題になった。

ニーナはナオミの服を、露出度は高いけど高貴な感じがすると褒め、パンストの話題になると、ナオミが穿《は》いているパンストを触りたかったが、無菌ガラスに防がれて悔しそうな表情を浮かべた。

そして、パンストの話から下着の話に変わると、ニーナが「見せて、見せて」とせがんできた。

さすがにそれは恥ずかしいとナオミは断るが、それでもせがむ彼女の押しの強さに負けてチラリと見せる。

ナオミの下着を見た瞬間、ニーナは天から雷が落ちたみたいに驚愕《きょうがく》し、彼女の目が異常に輝いた。

「こ、これは……下着の新時代が始まるわ！」

「なんだそれ？」

「自分で着けてて分からないの？　女性を美しくさせる下着なんて、今まで見た事ないわ」

「まあ、確かにそうかもな」

「そうかもじゃないわよ。あなたはもっと女子力をつけなさい！」

「……そうかな？」

ニーナに怒られてナオミが困惑する。

「特にその寄せて上げるブラジャー！　子供を産んでないあなたには分からないかもしれないけど、離乳後のおっぱいって酷《ひど》いのよ……」

「そうなのか？」

ニーナの声が小声になったから、ナオミも小声で問いかける。

「予想していた以上に垂れるわよ」

「……垂れるのか！」

「ええ。だから私がこのベッドから出た時は、服と下着について色々と調べさせてもらうからね！」

力強く宣言するニーナの様子に、ナオミは半分困りながらも、もう半分は元気が出たと嬉《うれ》しそうに笑った。

もうすぐ夕方となる時刻になって、カールたちがナオミの家に帰ってきた。

「ルディ君、居る？」

フランツが家に入るなり、リビングでハルと通話中だったルディに声を掛けていた。

「……なーに？」

「大きな鹿を捕まえたんだ。晩御飯に何か作って！」

「晩御飯にですか？」

首を傾《かし》げるルディを、フランツが彼の袖《そで》を引っ張って外へと誘った。

なお、フランツはルディを見た目から、同い年か一つ下だと勘違いしており、カールの仕事柄、旅続きの生活で友達の少ない彼は、ルディと仲良くなりたくて色々と話し掛けていた。

「慌てなくても、行くですよ」

フランツに急《せ》かされてルディが外に出てみれば、カールたちがルディを待っていた。

「ルディ君、どうだ凄《すご》いだろ」

「でっけー鹿です」

カールに話し掛けられて、ルディがドミニクが背負う鹿を見れば、体長3mはありそうな大人のオス鹿だった。

だけど、ルディが知っている鹿は角が2本生えているが、目の前の鹿は角が6本生えており、この星の原生種だと思われる。

「血抜きしたですか？」

「これでも俺たちはプロだぜ。血を抜いた後、魔法で水洗いして、内臓処理まで完璧《かんぺき》さ」

ションの返答に、ルディが腕を組んで悩む。

「ん――これ、今日食べるですか？」

「さすがにこれだけの量、今日中には全部食べきれないだろう。まあ、３日分にはなるんじゃないかな？」

ドミニクの返答に、ルディがそういう意味じゃないと頭を横に振った。

「このまま調理してもかてーですよ。熟成したら柔らかくなるですけど、それでも食うですか？」

「……ルディ君。熟成とは何だ？」

カールの質問に、どうやら文明レベルの違いが出たなと、ルディは思った。

「獣でも魚でも、死んですぐは死後硬直で筋肉かてーです」

「確かに硬いけどさ、柔らかくする方法なんて聞いた事ないぜ」

言い返すションに、ルディが説明を続ける。

「凍るか凍らないかギリな温度で、風通しすーすー。１週間ぐらい放置、柔らけえし、美味《うま》くなるです」

「そうなのか？」

「寒い冬は軒先に肉吊《つ》るすと、うめーですよ」

「だから町の肉屋って、軒先に吊るしてるんだね」

フランツが思い出した事を言うと、ルディが頷《うなず》いた。

「夏はあまり意味ねー気がするけど、そゆことです」

「なるほど。アレって、ただの宣伝だと思ってた」

「だけど今は5月だから、軒先に吊るしたら腐るだけだぜ」

「魔法でも無理ですか？」

ドミニクとションの会話にルディが割り込むと、ションが笑い出した。

「あははは。肉を冷やすためだけに魔法を使うって、そんな使い方聞いた事ないぜ」

「さっき魔法で水洗いした、言ってたです」

「それだって仕方なくさ。近くに水場があれば、マナがもったいなくて魔法は使わないね」

「うーん。できねえですか……」

「結構マナを使うぜ。奈落《ならく》様でも難しいかもよ」

「ししょーだったらぜってーできるです。今から頼んでくるです」

ションの言いぐさにムッとしたルディは、ナオミを呼びに行こうとする。それをションが慌てて止めた。

「いや、待って‼」

「なーに？」

「奈落様の手を煩わせたら、怒られないか？」

「ししょー、その程度で怒らぬですよ」

「……そうなの？」

「そうなの。という事で呼びに行くから、その間に解体してろです」

ルディが家の中に入ると、カールたちは顔を見合わせ、近くの木の枝に鹿を吊るして解体を始めた。

ルディがナオミを呼びに行くと、彼女はニーナの傍《そば》に居て二人でお喋《しゃべ》りをしていた。

「ししょー、カールたちがでっけー鹿捕ってきたです」

「んーそうか。それで？」

「肉熟成してーのに、ししょーの魔法が必要です」

「その肉を熟成というのがよく分からないが、手伝えという事だな」

「そうとも言うです」

ナオミが頷いて席を立とうとすると、ベッドで横になっているニーナがルディに話し掛けてきた。

「ねえ、ルディ君」

「なーに？」

「ルディ君はナオミが怖くないの？」

「突然、変な質問です」

「ごめんね。だけど聞きたいの」

ナオミもルディがどんな事を言うのか興味があって、ニーナの話を止めなかった。

「ししょー、別に怖くないですよ」

「ナオミの魔法が怖くない？」

「何で怖い分からぬですね。ししょー魔法使って敵をどかーんとぶっ倒す、チョーかっけーです」

ルディの返答を聞いたニーナは、キョトンとした表情を浮かべると笑い出した。

「あはははっ……ごほっ、ごほっ、ごほっ」

「ニーナ、大丈夫か？」

咳《せ》き込むニーナにナオミが慌てて声を掛ける。

「ごほっ、ごめんなさい。大丈夫、チョット笑いすぎちゃったみたい」

「無茶するなです」

「お前が笑わすからだろ」

ナオミはそう言うと、ルディの額にデコピンをした。

「アウッ！　別に笑わすつもりねぇです。理不尽ですよ……」

「それよりも、カールたちが待っているんだろ、とっとと行くぞ」

「そうだったです」

「それじゃニーナ、また後でな」

「ええ、行ってらっしゃい」

ナオミがルディを引っ張って部屋から出ていく。

ナオミが優しくなったのは、ルディ君のおかげなのね……。

ベッドに深く沈み目を閉じて、ニーナは微笑《ほほえ》んでいた。


「ふむ……大きな鹿だな」

ルディと一緒に外に出たナオミは、解体中の吊るされた鹿を見て呟《つぶや》く。

その声に気づいたカールが話し掛けてきた。

「お、奈落か。もうすぐ終わるから待ってろ」

「ゆっくりで構わない。だけど、お前たち汗と獣の臭いでくさいから、終わったら風呂《ふろ》に入れよ」

師匠、アンタがそれを言うか‼　と、ナオミの発言にルディが驚いて二度見する。

「あのすぐにお湯の出る魔道具は便利だな」

「う、うむ」

カールがそう言うと、ナオミは言葉少なに頷いた。

本当は家から少し離れた溜め池《ためいけ》の水を浄水して、上水道を通り地下室のボイラーで沸かしているのだが、カール一家には秘密なので魔道具という事にしている。

「父さん、皮を剥《は》いだぞ」

「ご苦労。ルディ君、皮を剥いだ後は何をすればいい？」

カールがルディに指示を仰ぐ。

「内臓は全部捨てたですか？」

「内臓は取らないと体温が下がらず腐りやすいからな。だけど、心臓と肝臓だけは焼いて食べると美味いから持ってきた」

「ホルモンと酒、うめーです」

「おっ？　ルディ君も分かるか！」

ルディの返答に、カールがにんまりと笑った。

「後はベロと頬肉もイケるですよ」

「舌？　そいつは食べた事ないな」

「私もないが、本当に美味いのか？」

話を聞いていたナオミも、興味が湧いて質問した。

「鹿のベロ、豚や牛よりも脂のってコリコリ、うめーです」

「じゃあ今日は、内臓とベロと頬肉で一杯やるか？」

カールがそう言うと、ナオミがジロッと睨《にら》んだ。

「お前、ニーナが治るまで酒は控えるんじゃなかったか？」

「だったらお前ら二人、昨日も一昨日も禁酒している俺の前で飲んでんじゃねえよ！」

カールは居候の身分なので、昨晩はナオミとルディが目の前で酒を飲んでいるのを見ながら、ずっと我慢していた。

だが、自分が飲んだ事のない未知の酒。それをナオミが美味そうに飲んでいる様子に、「親しき仲にも礼儀あり」などクソ喰らえと、我慢の限界を超えた。

カールの反論に、ルディとナオミは虐《いじ》めすぎたと反省した。

舌と頬肉を取った鹿肉を前に、ナオミがルディに話し掛ける。

「肉を凍る手前まで冷やして、風を当てればいいんだな」

「そーです。ションがししょーでも無理とか言ってたです」

「そこまで言ってない‼　奈落様、俺はそんなこと言ってないです！」

話を聞いていたションが大声で叫び、全力で頭を左右に振って否定する。

「……と言ってるが？」

「言葉のアヤです」

「……まあいい。確かに直接肉を冷やして風を送るとなると、マナの消費が激しいから、ションの言っている事も間違っていない」

それを聞いたションが「そうだろ」と全力で頷く。

「だけど、肉を土壁で囲み、中の温度を低くして風を送る装置を作れば、そこまでマナの消費は激しくない……このようにな」

ナオミはそう言うと、魔法を詠唱する。

すると、鹿肉の周りに土壁ができて、鹿肉の下の地面からは扇風機の羽根が現れた。

さらに、土壁の内側の表面を凍らせて、氷を張り中の温度を低くした。

「おお――――！」

叫ぶルディの後ろで、ションが見た事のない魔法に驚き、顎《あご》が外れそうになるぐらい口を大きく開けた。

「これで壁を閉じて羽根を回せば、中は凍らない程度に冷えて風が出る。それで問題ないだろ」

「さすがししょー、パーフェクトです！」

「うむ」

弟子のルディに褒められて満足気にナオミが頷く。

説明のために開けていた正面にも土壁を作ると、熟成蔵を完成させた。

「それじゃ、ししょー。今日はせっかくだから肉料理作るです」

「おお、それはいいな。以前食べたアラブ料理か？　アレは美味かったな」

ルディが人差し指を立てて左右に振る。

「ノンノン、肉と言ったらシュラスコ！　という事でブラジル料理です」

「うむ。期待して待ってる」

「腹空《す》かせて待ってろです！」

ルディはそう言うと、駆け足で家に向かって走り出したが、途中で引き返す。

「忘れてたです。コイツを寄越しやがれです」

ルディはカールから鹿の心臓と肝臓を奪うと、再び家に向かって走り出した。

「なあ、奈落」

ルディの行動に唖然《あぜん》としていたカールだったが、正気に戻るとナオミに話し掛けた。

「なんだ？」

「ルディ君はいつもあんな感じなのか？」

その質問にナオミが顎を摩《さす》って考える。

「まあ、いつもあんな感じだ」

「はっはっはっ。そりゃ楽しい生活だな」

「……まあな」

笑うカールに、ナオミも満更ではない様子で口元に笑みを浮かべた。


『ソラリス、夕飯作るから手伝って』

『分かりました』

キッチンに入ったルディがソラリスを呼んで料理を作り始める。

今日の料理はブラジル料理と鹿のホルモン焼き。

まず、鹿のタンをボイルして白くなった表面の皮を剥ぎ取る。そして、他の内臓と一緒に薄切りにしてから冷蔵庫に入れた。

「これは後のお楽しみです」

「ルディ、食べる事が楽しいのですか?」

ルディが呟くと、それを聞いたソラリスが話し掛けてきた。

「その筐体《きょうたい》、味覚機能ねえですか?」

「ございますが、楽しいという気持ちが分かりません」

「それ世間一般だと味音痴言うですよ」

「筐体の味覚機能と毒性反応機能に異常はございません」

「ベロはただのインターフェース、料理は心で味わうです」

そう言うと、ルディは心臓を押さえて体をくねらせた。

「また心ですか……」

ルディの話にソラリスが物思いに耽《ふけ》る。

「今度、一昨日の仕返しに羞恥心《しゅうちしん》全開の感情アプリ入れてやるです」

「断じてお断りします」

ソラリスがきっぱりと断った。

おかしな会話がありつつも、趣味である料理を楽しく作るルディと、彼の指示通りに動くソラリスによって、六人分の料理が完成した。

ブラジル料理と言えば、シュラスコ。

大きな肉の塊を鉄串《かなぐし》に刺して岩塩を振った後、満遍なくじっくりとグリルで焼き上げた。

ソースは作るのが面倒だったので、玉ねぎ、ピーマン、トマトの微塵《みじん》切《ぎ》りと、塩、ワインビネガー、オリーブオイルを混ぜた市販品。

牛テール肉を使った煮込み料理のハバータ。

牛肉、じゃがいも、玉ねぎ、人参《にんじん》を炒《いた》めてから、トマトの水煮と赤ワインを入れた後、圧力鍋《あつりょくなべ》で煮込んだ。

そして、ブラジルの国民食の一つ、豆と肉の煮込み料理のフェジョアーダ。

みじん切りにした玉ねぎとにんにくを炒めてから、一口大にした豚の耳、豚足、ボイルした豚の小腸を入れてさらに炒める。そして、最後に缶詰のブラックビーンズを汁ごと入れて、こちらも圧力鍋で煮込んで完成。


「お酒飲む人、手を上げろです！」

食事前にルディが言うと、下戸《げこ》のフランツ以外の全員が手を上げた。

「では食前酒にカシャッサを使ったカイピリーニャを作るです」

カシャッサとは、ブラジル原産のサトウキビジュースから作るラム酒だが、未来では地球は住めなくなっており、宇宙ではサトウキビジュース１００％のラム酒をカシャッサと呼んでいた。

ルディは、ざく切りにしたライムと砂糖をグラスに入れると、小さなすりこぎでザクザク潰《つぶ》し、氷を入れてからカシャッサを注いだ。

「面白い酒の作り方だな」

ルディの作業を眺めていたドミニクが口を開く。

この惑星の酒の飲み方は、ワイン、はちみつ酒、エール酒をそのまま飲むのが主流。

蒸溜酒自体まだ存在せず、カールたちはルディが作るカクテルがどんな味なのか興味津々だった。

「フランツ様はお酒の代わりに炭酸水を入れますね」

「ありがとう！」

下戸で一人だけ飲めず少し寂しそうだったフランツに、ソラリスは酒の代わりに炭酸水でライムジュースを作ってあげた。

『お前にしては気が利いてるな』

『春子さんの仕様でございます』

電子頭脳を通してルディが話し掛けると、そんな返答が返ってきた。

ソラリスはフランツの飲み物を作ると、焼き上がったシュラスコを注文に応じて削ぎ切りしていた。

「それじゃあ、乾杯」

「乾杯！」

カクテルも料理も準備ができて、ナオミの音頭で全員がカイピリーニャを飲んだ。

「うおっ、こりゃすげえな！」

「オゥ……オオオオッ？」

「ゴホッ！　ゴホッ！」

蒸溜酒を初めて飲んだカール、ドミニク、ションが予想外のアルコール度数の高さから同時に咽《む》せた。

「言い忘れたです。このカクテル、アルコール度数25度ぐらいあるですよ」

「ゴホッ、ゴホッ！　アルコール度数？」

アルコール度数を知らないションが、ルディに質問する。

「酔いやすい強ぇぇぇ酒です」

「それを先に言ってくれ……」

ルディの説明にションが情けない声で抗議すると、ナオミとフランツが一緒になって笑っていた。


ドミニクが切り分けられたシュラスコに、ソースを掛けて口に入れる。

柔らかい肉から噛《か》めば噛むほど肉汁が溢《あふ》れ、それが甘酸っぱいソースと絡み合って、信じられないほど美味《おい》しかった。

ションがハバータのテール肉を食べると、柔らかく、噛んでいないのに口の中で溶けて驚く。

さらにパンをハバータに浸して食べれば、トマトと赤ワインの酸味、玉ねぎと人参の甘さが加わったソースに、顔が笑わずにはいられない。

フランツがフェジョアーダを口に入れる。

こちらもハバータと同じく、全ての肉が蕩《とろ》けるぐらい柔らかく煮込まれており、豆も柔らかかった。

なんとなく、ニーナの作る料理に味が似ていて、親想いの彼はニーナの事が気になって、美味しい料理なのに食べれば食べるほど、表情が暗くなった。

「フランツ様、口に合いませんでしたか？」

暗い表情のフランツに気づいたソラリスが話し掛けると、彼はぶんぶんと頭を左右に振った。

「美味しいよ。だけど、早く母さんにも食べさせたいって思ったんだ」

しょんぼりとフランツが話すと、明るかった食卓がどよーんと静まり返った。

「あと12日の辛抱です。必ずルディが治しますので、彼女が回復した時に明るく迎えてあげましょう」

「うん。ありがとう」

ソラリスの春子さんモードが起動してフランツを励ましていると、その様子を見ていたションが、小声で隣に座るドミニクに話し掛けた。

「なあ、ソラリスさんって笑うと美人だよな」

「……お前、もしかして惚《ほ》れたか？」

「……かもしれん」

ションの返答にドミニクが呆《あき》れる。

「お前って顔が良いから今までモテてたけど、あの人は顔で惚れるタイプじゃないぞ」

「実は俺もそれを感じて、困ってる」

「まあ、頑張れ。だけど協力はしない」

「ひでえ……頼む前に断られた」

顔をしかめるションに、ドミニクが笑って肩を竦《すく》めた。

「私はこのカイピリーニャをお代わり」

この注文はナオミ。

「俺にはコイツは甘すぎる。カシャッサの水割りってヤツにしてくれ」

甘いのが苦手なカールは、ラム酒の水割り。

「味は好きだけどアルコールがキツイな」

「でしたら水を半分入れて薄くしましょうか？」

「それで頼む」

ソラリスのアドバイスで注文したのはドミニク。

「じゃあ俺は、水の代わりにフランツと同じ炭酸を入れたヤツで」

最後にションが、炭酸入りのカイピリーニャを注文した。

「ルディ君は飲まないの？」

「後で鹿のホルモンも喰《く》えです。だから、ペース抑えめなのです」

フランツの質問にルディがこっそりと教える。

ルディの頭の中では、できるだけ酔《よ》い潰して、自分が食べられるホルモンの量を多くしたいという考えだった。

食事が不要なソラリスがギャルソンとなって全員の給仕をする。

大量にあった料理の皿が、次々と空になった。

そして、酒豪のナオミと同じぐらい酒に強いカールが飲んだ結果、最初にションが潰れて、次にドミニクが「もう飲めん」とソファーに倒れた。

「それじゃ、そろそろ鹿のホルモン食べるです」

「……ルディ。お前、二人が落ちるのを狙っていたな」

ジロッとナオミに睨《にら》まれて、ルディはソファーで伸びているドミニクとションに向かってサムズダウンをする。

「ホルモン忘れて、酒ガンガン飲んだ二人がアホです」

ルディはそう言うと、酒に潰れていない全員を家のテラスへ誘った。

「なんで食べるのに席を外へ移動するんだ？」

「家に煙と臭い付く嫌です」

カールの質問に、ルディが誰もが納得する返答をする。

全員が外に出ると、テラスのテーブルが端に寄せられて、七輪が置いてあった。

「これは何だ？」

初めて見る七輪を弄《いじ》ってナオミが質問する。

「七輪です。昼間のうち、ソラリスに作らせたです」

「突然作れと言われましたので、少々歪《いびつ》でございます」

そもそも七輪が何か分からなかったが、ソラリスが七輪の中で炭を燃やして鉄網を載せた事で、簡易調理器具だと全員が理解した。

「旅に持っていくと便利そうだね」

「炭も持っていく、意外とかさ張るですよ」

フランツに答えながら、ルディが鹿のタンを焼き始めた。

「これは塩レモン汁がうめーです」

ナオミが言われるままに、タンを塩レモン汁に軽くつけて口に入れる。すると、弾力のある肉は噛めば噛むほど肉汁が溢れ、塩レモン汁が余計な脂っこさをさっぱりとした味に変化させて美味しかった。

「なるほど、これはコリコリして美味しい。薄く切っているのが美味しさの秘訣《ひけつ》かな?」

「正解です! 厚く切りすぎたら食いにくい肉です」

ナオミが感想を述べている間に、箸《はし》に不慣れなカールとフランツもタンを口に入れて、コリコリと味わってからゴクリと飲んだ。

「いいね。コイツは酒が美味《うま》くなる」

「すっごく美味しい!」

「他の部位もうめぇです、ジャンジャン食え食えです」

そう言いながら、ルディが焼けたハツをタレにつけて口にする。

そして、こっそり用意したビールをゴクリと飲んで、「ぷは——っ」とおっさんみたいな声を出した。

「ルディだけずるい。私もビール!」

ルディが飲んでいるビールを見て、ナオミが同じビールを注文する。

「そいつは見た目からエールか何かか？」

「甘いなカール。このビールの味を知ったら、もうエールなんて飲めなくなるぞ」

そう言うけど、ナオミは黒エールも好き。

「それを聞いたらますます飲みてえ。ソラリス、俺にもビールとやらをくれ」

カールもキンキンに冷えたビールをソラリスから受け取ると、豪快にゴクリと飲む。ホップの利いた苦みと喉《のど》を通る刺激に、一発でやられた。

「かぁ――！　コイツは美味《うめ》え、気に入ったぜ‼」

「お前、飲みすぎじゃないか？」

「それはしょーもです。プリン体で痛風になるですよ」

ナオミがカールに注意すると、ルディがすぐさま彼女にツッコミを入れた。

「何を言っている。私はまだ酔っ払ってないぞ」

実際に酒豪のナオミはまだまだイケる感じで、ビールを仰ぐように飲んだ。

「俺だってまだまだ飲めるぜ」

それに触発されてカールも残りのビールを一気に飲み干す。

「お代わり！」

「俺もだ！」

ナオミとカールが同時に空《から》になったグラスをソラリスに突き出す。

「少々お待ちください」

珍しくソラリスが無表情の中に若干の呆れを滲《にじ》ませて、追加のビールを二人に渡した。

「フランツ、この二人につき合っても人生の無駄です。僕たちそろそろ撤収よ」

「……そうだね」

ルディとフランツは飲んだくれに見つからないように席から抜ける。

残されたナオミとカールは昔話に花が咲き、夜どおし飲み明かした。


翌日、ルディは軽い二日酔いになっていた。

「酒豪が二人に増えたです……」

ふらふらと地下室に向かう途中、リビングを見ればドミニクとションが死んだようにソファーで寝ていた。訂正、倒れていた。

「駄目だ、頭痛《い》てぇ」

「甘いから、つい飲みすぎた……」

呻《うめ》いている二人を放置して、地下のニーナが眠るベッドルームに入る。

部屋に入ると、ニーナとカールが別々の無菌ベッドで眠っていた。

「うるせえです」

カールの大きないびきに、ルディが顔をしかめる。

カールが寝ているベッドのコンソールを操作して、開いていたガラスの蓋《ふた》を閉じ、防音設定をオンにする。それでカールのいびきが聞こえなくなった。

次にニーナの眠るベッドのコンソールを操作して、睡っている彼女を起こした。

「ニーナ、起きろです」

「……ルディ君、もう朝？」

ルディが愛用の指時計を見れば、時刻は７時になっていた。

「太陽出てから結構経《た》ってるです。今日も元気にタンクにどっぽん、頑張れです」

「……分かったわ」

「トイレは行くですか？」

「今日は平気。ルディ君。これって後どれぐらい続くのかしら？」

「んー、どっぽんは後５日我慢しろです。その後は点滴投与で治るですよ」

ルディの返答を聞いて、ニーナが天井を向きながら呟《つぶや》き始めた。

「ねえ、これって夢かしら？」

「まだ、寝ぼけてろですか？」

「違うわ。私、自分の体だから分かっていたの、もう助からないって。だけど、まだこうして生きている」

「カール頑張った、感謝は旦那《だんな》に言えです」

「……そうね。カールには感謝しているわ。だけど、ルディ君にはもっと感謝しているの」

「これはししょーが遺跡から発見した魔道具です」

「……そういう事だったわね。でも、ありがとう」

「感謝されても対応に困るです」

顔をしかめるルディに向かってニーナが微笑《ほほえ》んだ。

「……もういいですか？」

「ええ、お願い」

「ではお休みです」

ルディがコンソールを操作すると、ニーナに催眠ガスが投与されて眠りに就く。

彼女は待機していたドローンに運ばれて、治療タンクへ送られた。

三章　闇の世界

それから3日が経ち、特に何も起こらず平和な日々を過ごしていた。

ニーナは順調に回復しており、カールたちは毎日森に行き、鹿や猪《いのしし》を狩って、家賃の代わりに提供していた。

この日も午前中にニーナを治療タンクへ送った後、彼女の容態を確認していたルディに、ハルから連絡が入ってきた。

『マスター。監視対象《アルフレッド》が村に到着しました』

『ああ、そういえばそっちの対処もあったな。それで、連中はどうしてる？』

『村で奪略を行っています』

『……は？』

ハルの報告を聞いて、ルディの体が固まった。

報告に顔をしかめたルディが、衛星動画を送れとハルに命令する。

動画にはアルフレッドが率いる兵士たちが村人を虐殺しており、食料を奪っている様子が映っていた。

『なんてこった。自分のところの領民だぞ！』

動画を見たルディの顔が怒りに歪《ゆが》んだ。

『おそらく現地調達と士気の高揚が目的だと思われます』

『……低俗すぎる！　村には何人が暮らしていた？』

『正確には不明ですが、80人ほどが暮らしていました』

『彼らはどうなった？』

『兵士たちは村に入ると同時に奪略を開始。男性は子供を含めて全員が死亡。女性も12人を残して殺されており、生かされている女性は全員若く、一か所に集められて……』

『もういい！　これ以上の報告は不要だ‼』

ルディは我慢できず、テーブルを激しく叩《たた》いた。

『彼らを処分できますが、どうしますか？』

ハルがドローンを送り込んで、アルフレッドを含む全員の殺害を提案する。

その提案をルディは頭を左右に振って止めた。

『これは、俺が放置した結果か……』

『その考えはただの結果論です』

『……処分は待て、先に師匠へ報告する』

『その理由をお聞かせください』

『俺はまだ、この星ではイレギュラーな存在だ。感情で殺してしまえば俺はアイツらと同じ、ただの侵略者に成り下がる。……俺は神になるつもりなんてない。この星の出来事はこの星の人間に任せよう』

『……私ではその判断が正しいかは分かりません。ですが、道徳的な面からみれば正論でしょう。

もし、彼らを処分する時はお呼びください』
『分かった』
ハルとの通信を終えたルディは頭を掻《か》き毟《むし》ると、立ち上がって部屋から出ていった。

ルディは自室でスマホの情報片手に勉強していたナオミと、これから息子たちを引き連れて狩りに出かけようとしていたカールを、地下のリビングルームに呼び寄せた。

「突然どうしたんだ？　それに顔が怖いぞ」

憤怒しているルディの様子に、ナオミが眉《まゆ》をひそめる。

「笑えねぇ状況だからです」

「もしや、ニーナの容態が悪くなったのか⁉」

ルディが返答すると、カールが目を大きく見開いて迫った。

「ニーナの容態は順調ですよ。昨日からししょーの薬入れたら、なんかすげー回復しとるです」

「そ、そうか……」

その返答に安堵《あんど》したカールは席に着いた。

「本当はししょーにだけ相談考えたです。だけど、カールも当事者だから報告するですが、判断はししょー優先です」

ナオミとカールが顔を見合わせる。これからルディが何を言うのかさっぱり分からず首を傾《かし》げた。

「ふむ……それじゃ何が起こったのか説明してもらおう」

ナオミに催促されてルディが重い口を開いた。

「アルフレッド、500の兵士を引き連れて、こっち来たです」

「……なんだと？」

「本当か？」

ルディの報告に、ナオミとカールが眉をひそめた。

ルディは二人に証拠を見せようと、リビングの壁に付けられたディスプレイに、先ほどの村の惨劇を映した。

「ルディ君、これは何だ？　何故《なぜ》、壁に村の上からの絵が映って、しかも動いてるぞ」

初めてディスプレイを見たカールが色々と質問する。

「詳しい説明なしです。だけど、これは10分前に起った本当の出来事です」

「そんな馬鹿な、これが本当だったら、自分のところの領民だぞ‼」

「本当に馬鹿ですよ。男性は子供を含めて全員ぶっ殺されてるです。若い女性生かされているけど、性のはけ口にされてるです」

カールが激高して怒鳴る。それに追い打ちを掛けて、ルディが被害状況を話した。

「目的はアルフレッドが言っていた薬か？」

「そのとーりです。ししょーの作った薬、調べたら喉から手が出るほど効果すげーです。しかも、ししょーにしか作れねーです」

「……という事は、まさか、奈落《ならく》を捕まえるのが目的なのか？」

自分で言ってても信じられないといった様子でカールが質問すると、ルディがその通りだと頷《うなず》いた。

「信じられねぇ……最初に会った時から、馬鹿だと思っていたが、本当の馬鹿だった」

カールが頭を左右に振って、心底呆《あき》れていた。


「…………」


ルディとカールが話している間、ナオミは一言も喋《しゃべ》らずディスプレイを鬼の形相で睨《にら》んでいた。

そして、深くため息を吐《つ》いてから重い口を開いた。

「人間とは愚かだな」

「…………」

「…………」

その一言に、ルディとカールが黙って次の発言を待つ。

「3年だ……私が世間から消えてたった3年。その僅《わず》かな時間で私を忘れて歯向かうか。……本当に人間は愚かだな。ルディ、教えてくれてありがとう。そして何もしなかった事に感謝する。これは私が売られた喧嘩《けんか》だ。私、自ら処分するのが妥当だろう」

ナオミはそう言うと席から立ち上がって、部屋を出ようとする。

「ししょー殺《や》るですか?」

「もちろんだ。だが手出しは不要だぞ」

「だったらエアロバイクで村まで送るです」

「それは助かる」

「待て、相手は500だぞ！」

ルディがナオミの後を追うと、カールが慌てて呼び止めた。

「たったの500人だ」

ナオミはそれだけ言ってリビングから出ていった。


「だから警告したんだ、奈落を怒らせるなと……」

二人の後ろ姿を見送って、カールが頭を抱える。

彼は「500人を相手に戦うのか」と言ったのではなく、「500人も殺すのか」と言っていた。


ナオミの家を出て1時間後。

エアロバイクで移動したルディとナオミは、村が一望できる丘の上で隠れていた。

ルディが左目のインプラントを望遠にして村の様子を窺《うかが》う。

村の外を歩いている村人はおらず、多くの兵士がひしめき合っていた。

村の端を見れば、兵士に殺された老若男女の死体が積み重っており、油を掛けられて燃やされていた。

そして、村の中央を見れば、ニーナが泊まっていた宿屋の前で多くの兵が並んでいた。彼らは宿屋の中に監禁している女性が目当てで、順番待ちをしていた。

「……ひでえです」

顔を青ざめさせて呟《つぶや》くルディにナオミが話し掛ける。

「今の領主は金のためなら何でもすると聞いている。私を捕らえる事ができれば、村の1つや2つ潰《つぶ》しても構わないとでも思ったのだろう」

「この星、人の命が軽すぎですよ」

「宇宙人のお前から見たら酷《ひど》い光景なんだろうな。だけど、これがこの星の現実だ」

「…………」

ナオミから現実を知らされて、ルディは何も言えず黙った。

「それじゃ、そろそろ始めるか。ルディは少し離れていろ」

「生きている村人、どうするですか？」

ナオミに後ろからルディが声を掛ける。

彼女が足を止めて振り返ると、その顔は寂し気だった。

「勘違いするな。私は助けに来たのではない、殺しに来たんだ」

邪魔な存在なら関係ない者でも巻き添えにして排除する。

情け容赦ない彼女を、人は奈落の魔女と呼んだ。


ナオミが両腕を大きく広げる。彼女を中心に風が吹き、周りの草木がざわめいた。近くに居た小動物が逃げ、木の枝から小鳥が慌てて飛び立つ。

もし、ここにションが居たら、彼女を中心に渦を巻く大量のマナで気絶していただろう。

ナオミが空を見上げると、地面から黒い魔法陣が現れた。

魔法陣はナオミを包みながら宙に浮かび、彼女の頭上を越すと突然消えて、村の上空に拡大して再び現れた。

これが師匠の本気？

離れた場所からナオミの魔法を見ていたルディが、ゴクリと唾《つば》を飲んだ。

「闇の世界‼」

ナオミが魔法を発動すると同時に、村の方から大勢の絶叫が聞こえてきた。

◆

デッドフォレスト領の兵士ダニエルが、先ほどまでヤっていた女を思い出して路上に唾を吐いた。

「あんな人形みてえに動かねえ女、抱いたってつまんねえぜ」

ダニエルは若い頃から喧嘩に強く乱暴者だった。

成人しても働きもせず、夜は弱そうなヤツから巻き上げた金で、酒や女を買い、気に入らない事があると暴力を振るった。

彼の両親は幼い頃から何度もダニエルを窘《たしな》めたが、一向に直らない性格にしびれを切らして、18歳の時に彼を勘当した。

行く当てがないダニエルは持ち金が尽きると追い剥《お》ぎ《は》になろうとする。だが、丁度彼と同じく家から追い出された遊び仲間に出会って相談した結果、追い剥ぎで殺されるよりかはまだましだろうと、仲間と一緒にデッドフォレスト領の軍に入隊した。

デッドフォレスト軍に入隊しても彼の暴力的な素行は変わらず、時折権力を利用して領民に暴力を振るい金品を巻き上げた。

それはダニエルに限った事ではなく、他の兵士も似たような行為をしており、デッドフォレスト軍の兵士は領民から嫌われていた。

数日前に領主の息子のアルフレッドが顔を腫《は》らして帰ってくると、その日のうちに出兵命令が下った。命令内容は、あの有名な奈落の魔女の捕縛だという。

ダニエルも奈落の魔女の噂《うわさ》は知っていた。

顔に火傷痕《やけどあと》のある醜い魔女で、若い頃は冒険者として凶暴な魔物を単独で討伐して名声を高めていた。ところが、突然冒険者をやめると、大国ローランドに侵略された小国の軍に傭兵《ようへい》として参加する。

戦争中、多くのローランド兵が彼女の餌食となって殺された。その数は8000人を超えるが、これは数えられた人数だけで、本当はもっと多くの人間が殺されたらしい。

結局、侵略された小国は敗北してローランドに併合される。彼女は戦犯としてローランドから賞金を懸けられることになった。

だが、賞金首になった奈落の魔女は、追っ手を次々と返り討ちにして捕まらず、懸賞金が金貨1000万枚を超えると突然姿を消した。それが3年前の話だった。

軍の指揮を執るアルフレッドは、奈落の魔女の捕縛に成功した暁には、兵士一人対し金貨10枚を報酬として払うと約束していた。

「金貨10枚といえば、3年は遊んで暮らせるだけの大金だぜ。奈落の魔女の噂だって嘘《うそ》に決まっている。たった一人の女が8000人もの兵士を殺した？　そんなのありえねえって」

ダニエルが金貨10枚の使い道を考えてほくそ笑む。

「だけど森に入るのもめんどくせえ。いっその事、奈落の魔女からこっちに来ねえかな」

そう呟《つぶや》いて空を仰ぐと、突然村の上空に黒い魔法陣が現れた。

「あ、何だぁ？」

それがダニエルが最後に見た光景だった。


ブチブチブチ！

突然、目の周りの筋肉が裂け、眼窩《がんか》の中で眼球がぐりんとひっくり返り、何も見えなくなった。

「ギャ――――！　め、目がぁぁぁぁ‼」

顔全体に激しい激痛が走り、目を押さえて地面を転げ回る。目から血の涙が流れ、口からは涎《よだれ》が垂れ、全身から脂汗が吹き出した。

「ぐわぁ、痛《い》てぇ！　だ、誰か――‼」

ダニエルが大声で叫べど叫べど誰も来ず、何故か静まり返ってた。

「な、何だよ！　誰か助けろよ！」

それでもダニエルは叫び続けるが、助けどころか周りの物音すら聞こえず、そこでダニエルは気が付いた。

ま、まさか、目だけじゃなくて耳も聴こえないのか？

突然何も見えなくなって、そちらの方ばかりに注意が向き気づかなかったが、激痛は目だけでなく耳からも感じていた。

試しに自分で声を出す。その声は耳から聞こえていなかった。

もし目と耳を失ったら、そして一生治らなかったら……。そう思った瞬間、ダニエルは激痛の中で絶望に落ちた。

◆

ナオミが発動したのは、視覚と聴覚を失う範囲魔法だった。

これと似た魔法に「闇の目」というのが存在する。その魔法は闇系統の魔法で、一時的に相手の視力を奪う。効果は1分ほどで、痛みもなくすぐに回復するのだが、彼女の魔法はそれとは全く異なり、魔系統の魔法だった。

魔系統の魔法は、主に体内を巡回するマナを活性化して、筋力や体力、視力などを強化または弱体化させる。

彼女はその魔法を魔法陣の中に居る全ての生物を対象に、過剰なほどの威力で視力と聴力を強化した。

その結果、村に居た兵士だけでなく、犯されていた女性、馬、牛、全ての生物の眼球を支える筋肉が千切れ、聴神経は引き裂かれた。

それ故、彼女はこの魔法を「闇の世界」と命名した。

この星では医療が発達しておらず、失明、失聴を治すためには大金が必要だったが、それも治せる目と耳があればの話。眼窩の中で反転した眼球、微塵《みじん》に引き千切れた聴神経を治す方法は存在しなかった。


多くの兵士が泣き叫び、のた打ち回る村の中をナオミとルディが歩いていた。

「ししょー、こいつら、まだ生きてろですよ。殺さねーですか？」

「楽に殺さなかっただけだ。この星で目と耳を失った人間が生き残れると思うか？」

その質問に、ルディが腕を組んで考える。

「うーん、無理ゲーです」

「ゲー？　よく分からんが、喉《のど》を潰さなかったのはせめてもの慈悲だ」

「さすがししょー、えげつねーのがかっけーです！」

ナオミはまさか褒められるとは思わず、目を見開いてルディを見る。

彼は目を輝かせて興奮していた。

それと「えげつない」は、褒め言葉なのかと少しだけ悩む。

「ふふふっ。お前に怖がられて逃げられると心配した私が馬鹿だったよ」

「コイツら、何もしてない村人皆殺しにした、当然の報いです。だけど動物も一緒はどうかと思うのです」

「選別できないから仕方がないさ」

そう言いながらナオミが魔法を詠唱して指先を振る。

振った指先から風の刃《やいば》が放たれると、地面に倒れて痙攣《けいれん》していた牛の首が刎《は》ね飛んだ。

ナオミとルディが村に入ったのは、魔法の巻き添えになった女性と動物を、苦しませず殺しに来たからだった。

ナオミたちが村の中央まで歩くと、元村長の家の扉が開いて、シャツとズボンだけを着たアルフレッドが慌てるように飛び出してきた。

「だ、誰か！　誰か居ないか⁉」

「あ、アイツ、アルフレッドです」

「あれがそうか」

ルディがアルフレッドを指さすと、相手もルディに気づいて指をさし返した。

「その声は、あの時の小僧！」

前にルディがアルフレッドと会った時、ルディはフードを深く被《かぶ》って顔を隠していたが、アルフレッドは声を覚えており、すぐに相手が誰か分かった。

「何でお前、目と耳、イカれてねえですか？」

正常な様子のアルフレッドにルディが首を傾《かし》げる。だが、彼の顔をよく見れば、血の涙の後が残っていた。

何故《なぜ》、アルフレッドだけが正常だったのか。

それは、偶然にも彼は村へ来る途中で、ナオミの回復薬を入手していたからだった。

アルフレッドもナオミが魔法を発動したとき範囲内にいたため、兵士たちと同じように激痛で転げ回っていた。

だが、彼は薬の事を思い出すと、手探りで探して飲む。すると、激痛が治まって視力と聴力が回復した。

「うるさい、黙れ！　コレはお前の仕業か!?」

「僕ちゃう、ししょーの魔法です」

「師匠？　という事はこれは奈落《ならく》の魔女の仕業か!?」

「だとしたらどうする？」

ナオミが二人の会話に割り込んで、アルフレッドに話し掛ける。

「貴様、誰だ！」

アルフレッドは火傷痕のないナオミを奈落の魔女だと気づかず、大声で叫び返してきた。

誰だと問われて、ナオミが顔の左半分を手で隠す。そして、幻術の魔法を唱えながらゆっくりと手を外した。

「お前が探していた奈落だよ」

そこに居たのは、顔に火傷の痕がある魔女だった。

「ヒ、ヒィ！　……奈落……！」

先ほどまで威勢のよかったアルフレッドが、幻術で作った火傷顔のナオミを見て腰を抜かした。

「聞きたい事がある。お前の目と耳は私の薬で治したのか？」

ナオミはアルフレッドが正常な理由を考えて、一つの答えに結び付く。

そこで質問してみれば、彼はガクガクと頭を上下に動かして肯定した。

……治っちゃうのかぁ。どんだけ凄《すご》いんだ私の薬。だけど、私の火傷痕は治らなかったのだがな……いや……待って……。そういえば、自分で薬を飲んだことあったかな？

ナオミは記憶を遡《さかのぼ》って思い出そうとするが、かなり前まで遡っても、自分で作った薬を飲んだ記憶がなかった。

ないわぁ……今までさんざん作っといて、自分で一度も飲んだ事なかったわ。いっつも魔法で回復してたから、必要なかったし。

ナオミは表情には出さなかったが、自分の間抜けっぷりに落胆する。

ナオミはすぐに意識を戻すと、目の前のアルフレッドを処分する事にした。

「……た、助けてくれ」

「ヤダ」

ナオミがアルフレッドの懇願をサクッと断る。

すぐに魔法を発動させて杖《つえ》を振ると、アルフレッドが地面に倒れて眠りに就いた。

「それで、ししょー。コイツどうするですか？」

眠ったアルフレッドを、ルディがツンツン突《つつ》きながら質問する。

「うむ。同じ魔法を使っても、また私の薬で回復されるのは面倒だ。かといって簡単に殺すには、コイツの罪は重すぎる。……うーん、そうだな。季節的に蜂が幼虫の餌を捕まえる時期だ。という事でコイツは森に捨てる」

「季節的に？　蜂？　幼虫の餌？　ししょー、よく分からねえですが、森に捨てるだけだと、生き残る可能性あるですよ」

「魔の森を舐《な》めるな。捨てると言っても普通の場所じゃない」

その返答にルディが首を傾げる。

「森の北東、斑《まだら》の居た宇宙船より北へ進むと、子犬サイズの寄生蜂の群れが生息している場所がある」

ルディが宇宙船ナイキからデータを入手して、蜂の生息地を確認する。

すると、確かに狭い範囲だが、大型の蜂の生息地が見つかった。

「その蜂の成虫は葉や木の実が餌だけど、幼虫の頃は肉食で食事方法が特殊なんだ」

「特殊ですか？」

「うむ。幼虫の餌は動物の排泄物《はいせつぶつ》でね。捕まった動物は、蜂の巣で飼育される」

「……何となーく、スプラッターなスメルがプンプンしてきたです」

ルディが嫌そうな顔を浮かべると、ナオミがにっこりと笑った。

「その考えは当たってるぞ。捕まった動物は蜂に無理やり食べ物を口に押し込まれ、排泄した糞《くそ》は蜂の幼虫の餌となる。ちなみに、救助された人間の話だと、与えられる餌は成虫の嘔吐《おうと》物で酸っぱく、唾液《だえき》には下痢と全身が痺《しび》れる効果があるらしい。だから逃げる事も、舌を噛《か》み切って死ぬ事もできない」

話が進むにつれて、ルディの顔がどんどんと引《ひ》き攣《つ》った。

「おっと、ドン引きするな、まだ続きがある。幼虫は半年で成虫になるが、蛹《さなぎ》になる前の最後の餌はその動物で、生きながら喰《く》われる。それでやっと死ねるんだ」

「……予想以上にグロかったです」

そう答えるルディだが、アルフレッドには相応《ふさわ》しい死に方だと納得した。

「じゃあ、ドローン使ってコイツ運ぶです」

「ん。それは助かる」

ナオミから許可を貰《もら》ったルディがハルに連絡を入れる。

ハルはカールたちに見つからないようにドローンを飛ばして、アルフレッドの回収に向かわせた。


ルディとナオミは、炎に包まれる宿屋を無言で眺めていた。

宿屋にはナオミの手で屍《しかばね》になった村の女性と、目と耳を失ってもまだ生きていた数人の兵士が居た。

燃え盛る炎の中から、まだ生きている兵士たちの悲鳴が絶え間なく聞こえる。


この少し前。

宿屋の前に来た時、ナオミはルディを外に残して宿屋に入ると、女性の半分は既に死んでいた。

おそらく、兵士たちの乱暴に耐え切れず自ら命を絶ったか、抵抗して兵士に殺されたのだろう。

そして、生き残っていた女性は、目と耳を失い頭の中で激痛が走っても、死んだかのように動かずにいた。

ナオミの薬を飲めば、彼女たちの目と耳の傷は治るだろう。だが、治ったところで彼女たちの心は既に死んでいる。

この星には女性の性的被害のケアなんてものはなく、ナオミも心を治す魔法を知らなかった。

ナオミは祈りの言葉を捧《ささ》げたあと、一言「すまない」と謝って、彼女たちの首を刎ねる。そして、せめてもの償いにと、宿屋を燃やして火葬する事にした。

宿屋の中から聞こえる兵士たちの絶叫が少しずつ消えていく。

生きながら燃やされて死ぬのと、目と耳を失って生き続けるのは、どっちが苦しいのだろう。ナオミはその答えを知らない。

だが、彼らは罪のない人間の命を奪って女性を凌辱《りょうじょく》した。たとえアルフレッドの命令に従っただけだとしても、ナオミは同じ女性として彼らを許す事ができなかった。

茶毘《だび》の煙が空に上がって、黄昏《たそがれ》の空に消えていく。

「なあ、ルディ。宇宙に天国はあるのか？」

空を見上げてナオミが質問する。

「宇宙広《ひ》れえです。僕、知ってるの銀河系だけ。その銀河、天国なんてどこにもねえですよ」

「そっか……子供の頃、人は死んだら星になるって教わったんだがな」

「子供に夢を見せてやるのが本当の教育です」

ルディの今のセリフは『何でもお任せ春子さん』のマニュアルに教育方針として書いてあった。

「宇宙にも天国がない、それなら神はどこにいる？」

ナオミはそう呟《つぶや》いて思考に耽《ふけ》る。

また私が生きているせいで関係ない人間が殺された……。何故、神は私に罪を与え続けるのだ。

だが、神よ、どんなに罪を背負っても、私は復讐《ふくしゅう》を諦《あきら》めるつもりはないぞ！

ナオミは空を見上げて見えない神を睨《にら》んだあと、ルディに視線を戻した。

「……帰ろう。今日は飲みたい気分だ」

「ししょー、毎日飲んでるですよ」

ルディのツッコミに、ナオミが不貞腐《ふてくさ》れた表情を浮かべる。

「特に今日は飲みたいんだ」

「ししょー飲んでも、ぜーんぜん酔わねえから、つまんねえです」

酔いたくても酔えないのさ……。

ナオミは心の中でルディに答えると、燃える宿屋に背を向けて歩き出した。

◆

村で起こった惨劇から3日後。

アルフレッドの父親、デッドフォレスト領の領主ルドルフ・ガーバレスト子爵は、アルフレッドから一向に連絡が来ない事を訝《いぶか》しんでいた。

そこで、確認の兵士を送っていたのだが、その兵士がたった今戻ってきた。

「報告します！　奈落の魔女の捕縛に向かった500の兵、全て壊滅しました！」

「……は？」

執務室で報告を聞いたルドルフは、一瞬何事か理解できなかったが、正気に戻ると報告した兵士を凝視した。

「ア、アルフレッドは？　兵が全滅とはどういう事だ⁉」

ルドルフの気迫に押されて兵士がたじろぐ。だが、兵士はゴクリと唾《つば》を飲んで、報告を続けた。

「アルフレッド様の姿は確認できず、現在行方《ゆくえ》不明。500の兵は……」

兵士が報告の途中で言葉を詰まらせる。

彼の顔は青ざめており、村の惨劇を思い出して震えそうになる体を無理やり押さえていた。

「どうした？　続きを報告しろ」

ルドルフに促されて、兵士が口を開いた。

「はっ！　その……生き残っている全ての兵士は視覚と聴覚を失っており、何もする事ができない状態です」

「……お前は何を言っている？　まさか、５００人全員の目と耳がなくなったとでも言っておるのか？」

ルドルフが聞き返すと、兵士が頷《うなず》いて、心の中の恐怖を吐き出すように叫んだ。

「……全員が目と耳を失って苦痛で呻《うめ》いています！　こちらから話し掛けても、目が見えず耳も聞こえないせいで、会話が成り立ちません‼」

その報告に、ルドルフは兵士と同じく顔を青ざめて、ドサッと椅子に座った。

「な、なんていう事だ……。そ、そうだ。村民、村の民はどうした⁉　そいつらからは事情を聞けなかったのか？」

「ぜ、全員死んでいました。死体を調べたところ、どうやら彼らは我が軍が殺した様子で……」

「あのバカが‼」

ルドルフは一瞬だけ税収が減る事に怒りを覚えるが、すぐに現状の問題が優先だと気持ちを切り替えた。

「……分かった。もう一度聞くが、アルフレッドは死んでおらず行方不明なんだな？」

「……はい」

「もう下がってよい」

「あの、残された兵士たちはどうすれば……」

兵士が目と耳を失った約５００人の兵士について質問すると、ルドルフは顔を歪《ゆが》めてため息を吐《つ》いた。

「ああ、そうだったな。そいつらは身ぐるみを剥《は》がしてから殺せ。どうせ目と耳を失ったら生きてはいけん」

役に立たない兵士など要らん。ルドルフは容赦なく使い物にならなくなった兵士を切り捨てた。

「…………」

「それと、村には誰も立ち入れさせるな。噂《うわさ》が広まったら領民がパニックを起こす」

「…………」

「何をしている。さっさと行け！」

あまりにも非情な判断に、兵士が動けなくなる。

「ハッ！　失礼します」

慌てて兵士が部屋を出ていく。ルドルフは一人になると、体を激しく震わせた。

「奈落だ……奈落の魔女がやったに違いない。だから、あれほどやめろと言ったんだ！」

ルドルフは自分が許可した事を忘れて、全てを息子のせいにする。

彼にとってアルフレッドは唯一の子供だった。だから、アルフレッドが死ぬと彼には跡継ぎが居なかった。

もし、自分が死んだあとは、今まで蓄えた財産が仲の悪い弟の手に渡る事になる。ルドルフは、それだけは絶対に嫌だった。

ルドルフが頭を抱えて、息子を取り戻す方法を考える。

だが、何も思い付かずに時だけが流れた。


さらに2日が過ぎて、ルドルフの送った兵士たちが村に到着した。

兵士が村に入ると、村の中は地獄絵図の有様だった。

ナオミの魔法で目と耳を失った兵士たちは、地面を這《は》いずり回り、手探りで水と食料を探して彷徨《さまよ》っていた。

誰かに触れると、お互いに声を出して呼び合う。だが、相手の声が聞こえず泣き叫ぶ、または殴り合いを始めていた。

彼らの処理を任された部隊は、全員が青ざめた顔でルドルフの命令に従って、暴れている彼らの身ぐるみを剥ぎ始めた。

目と耳が不自由な彼らは、救援が来たと勘違いして感謝を述べるが、装備を剥がされて放置されると、おかしい事に気づいて叫び出した。

ルドルフは彼らを殺せと言ったが、部隊の隊長は同情心なのか、それともただ殺すのを躊躇《ためら》っただけなのか、彼らを殺さずに村の中に閉じ込めた。

そして、備蓄品と剥ぎ取った装備を全て奪うと、数人の部下を監視に残して帰ってしまった。

装備も食料もなくなった彼らは、数日も経《た》たずに共食いを始める。

そして1カ月もしないうちに、村の中には誰も居なくなった。

最後に、唯一の生き残ったアルフレッドはドローンに運ばれて、無事？　に蜂たちに連れ去られた。

後はナオミの言った通りの結末を迎える事になるだろう。

「癌《がん》、全部消えた、わっけ分からねーですよ。とりあえず、おめでとうです」

ルディがニーナのスキャン結果を見て、首を傾《かし》げながら報告する。

予定ではあと1週間の治療が必要だったが、治療タンクにナオミの薬を少し混ぜたら、抗がん剤による副作用と体力の消耗が消えて、あっという間に癌が治った。

なお、ナオミの薬で癌細胞が活性化する心配をしたルディと、患者の命よりもマナのデータが欲しかったハルとの間で、激しい言い争いがあったのだが、癌細胞が活性化したらナオミの回復薬の投薬をやめればいいだけだと、説得されてルディが折れた。

「ルディ君、ありがとう」

ニーナが微笑《ほほえ》んでルディに礼を言う。

隣ではカールが彼女の肩を抱いて、優しい眼差《まなざ》しを彼女に向けていた。

「まだ病気が治っただけです。旅立つ体力ねーから、リハビリ頑張れです」

「もちろんよ。たくさん食べて体力を回復させるわ」

ニーナの返答に、ルディが腕を交差させてバッテンを作った。

「ブッブー。いきなり食べたら胃がビックリするですよ。最初は重湯からです」

「えー――そんなー――。だってカールがルディ君の作る料理が美味《おい》しいって、自慢するから私も早く食べたい」

ニーナが頬を膨らませて文句を言うと、それを聞いたルディがカールをギロッと睨んだ。

「カール。お前、アホですか？　さあ、自分で『私はアホです』と言えです。さあ、さあ！」

ルディがプンスカ怒って、カールをポコポコ叩《たた》き出した。

「ま、待ってくれ！　つい、つい、うっかり言っちまったんだ」

「うっかりじゃねーです。食べられない病人の前で食い物の話するタブー、子供でも分かるですよ」

カールが慌てて弁明するが、この場に居る全員が彼を許さなかった。

「そうだ、そうだ！」

「そうよ、私、すっごく悔しかったんだからね！」

ナオミとニーナからも怒られて、カールが身を縮めた。

「罰として、カールはニーナが全快するまで酒抜きです」

「マジか？」

「マジもマジです。ししょーと一緒に目の前でうめぇ酒飲んで、自慢してやるです」

カールは自分でも悪かったと思っており、がっくりと肩を落として小声で「はい」と答えた。

「それじゃお前ら、とっとと息子たちに会ってこいです」

ルディの話にカールとニーナが頷く。

「ああ、そうだったな」

「ええ、私も早く会いたいわ」

カールはニーナを抱き上げて部屋を出ようとする。だが、その前にルディが彼の背中に話し掛けた。

「カールは約束の件で用があるです。一人で戻ってこいです」

「……分かってる」

ニーナを救う条件。それは、自分の心臓に爆弾を埋める事。

カールはその事を一時も忘れておらず、ついにこの時が来たと思うが、今は家族と一緒に幸せを噛《か》みしめようと、顔には出さず部屋を出ていった。

カールがニーナを抱き上げて1階に行くと、待っていた三人の息子に囲まれた。

「母さん！」

「回復おめでとう」

「…………」

ドミニクとジョンが歓声を上げ、フランツは泣いて服の袖《そで》で涙を拭《ふ》いた。

「みんな、ありがとう。あらあら、フランツは泣いちゃって、まだまだ子供ね」

ニーナが嬉《うれ》しそうに声を掛け、フランツの頭を撫《な》でる。

もう二度と会えないと思っていた子供たちに、再会できた彼女の目からも涙が零《こぼ》れていた。

「とりあえず、席に着こう」

カールに促されて全員がソファーに座る。そのタイミングを見計らってソラリスが全員分の飲み物を持ってきた。

なお、今回はニーナの胃を気遣って、コーヒーのドッキリはなし。

「ソラリスも今までありがとうね」

「任務なのでお構いなく」

ニーナにお礼を言われて、ソラリスが頭を下げる。

ソラリスはニーナが病床にいる間、動けない彼女のサポートをしていた。汚れる仕事も表情を変えず色々世話をしてくれた彼女に、ニーナは本当に感謝していた。


ソラリスが去って家族だけになると会話が弾んだ。

ニーナは男ばかりの家族の中で、太陽のような存在だった。

年齢は40手前だけどいつまでも若く美人、怒ると怖いけど明るく優しい。そして、戦う時は魔法で全員を補助しながら自分でも戦う。

世間で有名なのは、黒剣の二つ名を持つ家長のカールだが、彼を支えるニーナも、冒険者の間では有名な存在だった。

カールと彼の息子たちは、そんなニーナが大好きだった。

「ニーナの病気は治ったけど、旅に出るのは体力をつけてからだとルディに言われた。俺もその通りだと思う」

「そうね。今は歩くのが精一杯な感じ。ナオミには悪いけど、もう少しここに居させてもらうわ」

カールとニーナも話すと、子供たちが頷いた。

「村に置いてきた馬車はいつ回収する？」

「いや、村に近づくのは駄目だ」

ドミニクの質問に、カールが険しい顔をして頭を左右に振った。

「父さん？」

その様子を不思議に思ったフランツだったが、答えはすぐに返ってきた。

「5日前にアルフレッドが500の兵を連れて村に居たから、近づかない方がいい」

アルフレッドが村人を殺した時、ルディとナオミはドミニクたちが義憤に駆られて救いに行かれても面倒だと、カール以外の全員に黙っていた。

だが、その問題も解決したので、カールの口から全員に話す事にした。

「何だって⁉」

「どういう事だよ」

「待って、今カールは居たと言ったわ。つまりもう終わったのね」

慌てるドミニクとションを、ニーナが宥《なだ》めてから問いただす。

カールがその通りだと頷いた。

「5日前に奈落《ならく》が動いた。それで全て終わったよ」

「父さん、終わったって500人だよ。奈落様だってそんなの無理に決まってる」

言い返してきたフランツに、カールが頭を左右に振る。

5日前、家に残されたカールは、ディスプレイで戦闘にもならなかった一方的な虐殺を目撃していた。

「500人だろうが、10000人だろうが関係ない。奈落が本気を出せば、魔法は広範囲にわたって発動する。俺が知る限り、その広さは半径500ｍを軽く超えるぞ」

「範囲魔法……」

カールの話にションが息を飲む。

魔法の才能があるションも範囲魔法は使える。だが、その広さは数メートルが限界だった。それ以上は体内のマナが足りずに失敗するが、半径５００ｍを超える？　ションはナオミが本当に人間なのかと疑った。

「奈落が唯一敵《かな》わなかったのは、斑《まだら》ぐらいなものだな」

「それも倒しちゃったみたいだけどね」

カールがそう言うと、ニーナが笑って彼らが知らない事を口にした。

それを聞いて、全員の視線が彼女に向いた。

「ん？」

「ん？」

「ん？」

「ん？」

「え、何？」

全員からの視線を浴びてニーナがたじろぐ。

「母さん。今、聞き捨てならない話が聞こえたけど、斑が何だって？」

「だから、ナオミとルディ君が斑を倒したのよ」

ドミニクの質問にニーナが答える。

その事を知らなかった全員が驚いた。

「マジかよ……そんな話は聞いてないぞ」

カールの言う通り、ナオミとルディは斑を倒した事をニーナにしか話していなかった。

別にカールたちに自慢する必要もなければ、言う必要もなかったし、1カ月以上前の話だから二人とも忘れていたりもする。

「あの二人は森の中で、一体何をしているんだ？」

カールが頭を抱える近くでは、彼の子供たちが小声で話し合っていた。

「ルディって、もしかして強かったのか？」

「俺は料理が上手《うま》いから、奈落様の弟子になったんだと思ってたよ。フランツ、お前何か知ってる？」

「いつも地下に居るから知らない」

ルディは三人の前で力を見せた事がなかった。それ故、ドミニクたちの間では、料理が得意なお医者さんという認識だった。

「でもさ、斑が居なくなったら、遺跡の財宝取り放題じゃね？」

「馬鹿野郎、そんな泥棒みたいな真似《まね》できるか！」

「だけどさ、帰れば金はあるけど、家に帰るまでの旅費はどうするんだよ。今の俺たちは一文無しだぜ」

ションの提案にカールは叱るが、彼も負けじと言い返す。

「うぐ！」

「父さん、奈落の魔女様に相談したらどうだ？」

カールが言葉に詰まっていると、ドミニクがこれだけ立派な家に住んでいるナオミなら、金を貸すぐらい余裕だろうと提案した。

「うーん。これ以上の迷惑は掛けたくないんだがな」

「だったら、お金を借りるんじゃなくて、相談だけでもどう？」

ニーナからも言われて、カールは渋々と頷《うなず》いた。


「カール様。ルディが呼んでおります、地下のメディカルルームへお越しください」

しばらくして、ソラリスがカールに用件を伝えに現れた。

「ああ、そうだったな。今から行く」

「父さん！」

カールが立ち上がると、察したフランツが慌てて声を掛けた。

「なあに心配するな、別に死ぬわけじゃない。ついでに金の話もしてくるぜ」

カールは笑ってフランツの頭を撫でると、案内係のソラリスの後に付いて地下へと降りていった。

ソラリスの案内でカールが地下のメディカルルームに入ると、ルディが椅子に座って、彼の後ろではナオミが控えていた。

「家族の団らん中スマンです。こっちの準備ができたから呼んだです」

「いや、構わない。約束だからな」

カールが答えて、ルディが勧める椅子に座った。

「それじゃ、いやーな事はとっとと済ませるです」

ルディはそう言うと、机の上にあった大豆サイズの鉄の玉をつまんで、カールに見せた。

「これがカールの心臓の横に入れる爆弾です。特定のワードを言うと爆発するです」

そう説明した後、手にした爆弾をポイッと投げて床に落とす。

「ソラリスのバーカ、頭の固《か》てーアンポンタン」

今のが特定のワードだったのだろう。カールの目の前で爆弾がパンッと爆発した。

「このように規模はちっさいけど、心臓を破壊するだけなら十分です」

「ルディ、今のは私の悪口ですか?」

「ただの冗談です」

部屋の隅に控えていたソラリスの質問を、ルディがさらっと受け流した。

「怖気《おじけ》付いたですか?」

「いや、大丈夫だ。既に覚悟はできている」

「そーですか。カールに埋める爆弾、すぐ殺さないように、長めのワードにしてやるです」

「それは助かる。それで、幾つか質問がある」

「何でも言え、全て答えてやるです」

ルディの許可を得て、カールが質問を始める。

「これは他人がワードを言っても爆発するのか?」

「埋められた本人の声だけに反応するです」

「ワードは教えてもらえるか?」

「聞きたいですか?」

「……いや、やっぱりやめとこう」

「それが正解だと思えです」

ルディもワードを教えるかどうかは悩んでいたので、本人に選択させようと決めていた。

「その爆弾はどうやって体に埋める？」

「ししょー、魔法で爆弾、埋めれますか？」

ルディは自分で埋めるつもりだったが、ふと思い付いてナオミに確認する。

「そんな事やったことないが、できないこともない。だけど、心臓の近くだから、ついうっかり直接心臓に入れるかもしれん。やめた方がいいだろう」

「俺もついうっかりで死にたくないから、やめてくれ」

ナオミの返答にカールが慌てた。

「分かったです。じゃー僕がやるです」

「大丈夫なのか？」

「カールぐっすり寝てろの間に、チョット切ってポイッと入れるだけ。終わったらししょーの薬で傷跡も残らぬ、安心しろです」

「……分かった。気持ちが萎《な》える前にやってくれ」

「なら付いてこいです」

ルディはカールを案内して手術室に向かった。


手術台の上で上半身を裸にしたカールは、ぐっすり眠っていた。

彼は局部麻酔をした後、ナオミの魔法で眠らせて、今はどんなに叩《たた》いても起きない状態だった。

ルディがカールの頬を抓《つね》って遊んでいると、ナオミがルディの腕を掴《つか》み、頭を横に振って「やめろ」と叱った。

「オペ開始です」

ルディは医療ドローンに命令してカールの胸を少しだけ切り開き、消毒済みの爆弾をつまんだ。

「それじゃワードを入力するです……『奈落の地下室で、ニーナの癌が治ったです』」

ルディがパスワードを設定するが、その言葉は銀河帝国で使用されている、カールが絶対に喋《しゃべ》らないワードだった。

「ルディ、今のは銀河帝国の言葉か？」

「そーです。僕、カールの家族みんな好きよ』、だから恨まれたくねえです」

そう答えると、ナオミが微笑《ほほえ》んだ。

「お前のそういうしたたかなところ、結構気に入ってるよ」

「ありがとーです」

爆弾に入力されたワードは、ナオミが話し掛けてきたせいで、ルディが終了するのを忘れて、『奈落の地下室で、ニーナの癌が治ったです。ルディ、今のは銀河帝国の言葉か？　そーです。僕、カールの家族好きよ』と、銀河帝国とこの星の言語が入り交じった上に、最大文字数まで登録されており、ほぼ１００％爆発しないのだが、その事はルディも気づいていなかった。

カールの心臓の近くに爆弾を埋めた後、ドローンが傷口を塞《ふさ》ぐ。そして、ナオミの回復薬を上から掛けると、傷口が跡形もなく消えた。

「確かにこれ見れば、ししょーの薬、傷薬と勘違いしろです」

「私も見るのは初めてだが……ふむ。見ただけだと、ただの傷薬だな」

ナオミの話を聞いたルディが、信じられないものを見るような目で、彼女の顔を凝視した。

「……ししょー？　ねえ、ししょー。今、信じられねー話、聞こえたです。もう一度同じ事言えです」

「だから、私も見るのは初めてなんだ」

「自分で作った薬ですよ？」

「……そうだな。ちなみに、飲んだ事もない」

ルディにツッコまれて、ナオミが視線を逸《そ》らして答えた。

「ししょー。もしかして、ししょーって、頭のイカれた医者か何かですか？」

「それだと悪者に聞こえるな」

「既に賞金首の悪者です」

「あっはっは。そういえばそうだった」

こうして、一見すれば成功したように見えるけど、実際は思いっきり失敗している手術が無事に終わった。


「ん？　……ここは？」

「カール起きたですか」

起き上がったカールにルディが声を掛ける。カールは自分が何をされたのかを思い出して胸の辺りを摩《さす》った。

「傷跡がないけど、本当に埋めたのか？」

「これを見やがれです」

ルディがレントゲン写真を本人に見せる。

その写真には、カールの心臓の近くに黒い丸のような物が写っていた。

カールはレントゲン写真を初めて見るが、状況から自分の体の写真だとすぐに理解した。

「確かに埋まってるな」

「僕、こんなんで嘘《うそ》言わぬです。という事で、この家の秘密は喋るなの、ニーナを救った報酬受け取ったです」

「……ルディ君。ニーナが死んでいたら、きっと俺の魂は半分死んでいた。そして、子供たちも泣いていただろう。君は俺の妻だけじゃなく、俺と息子たちの魂も救ってくれた。この事は一生感謝する」

「照れくせえです」

差し出されたカールの手を、ルディは強く握り返した。

「ところでルディ君」

「なーに？」

「実は困った事がある。金がない」

「……？」

カールの話にルディが首を傾《かし》げた。

「カール、家族居るのに貧乏ですか？　だらしねえ大人です」

「いや、違う。それは誤解だ！　ニーナを助ける時に荷物を全部村に置いてきたから、今は一銭もないんだ」

「ああ、そういう事ですか」

金がないと聞いて軽蔑《けいべつ》したルディだが、ニーナを搬送する時の慌ただしい状況を思い出して、カールの言い訳に納得した。

「ルディ君に頼むのは筋違いだと思うけど、君から奈落《ならく》に金を貸してもらえるよう頼んでくれないか？」

「それは構わねえですが、ししょー貧乏よ」

「……そうなのか？」

カールはナオミが冒険者だった頃、彼女が大金を稼いでいたのを知っており、貧乏と聞いて首を傾げた。

「そーなのです。それに、ここでの生活、金の必要がねーです」

「でも、毎晩の食事に使う食料や高価な調味料は、金が掛かるだろう」

「あれは……あぶく銭みてえなもんです」

ナイキの倉庫には、ルディが開拓惑星に届ける予定だった、食料と資材が積んである。しかも、宇宙の高度な技術により、何百年も劣化せずに保存できた。

「あぶく銭？」

「気にしたら、股間《こかん》に爆弾埋めて、玉3個にするですよ」

「それは勘弁してくれ！」

ルディの冗談をカールが慌てて拒絶する。

「カールはどうでもいいですが、ニーナが貧乏、母親大変です。僕、お金いらねーから、恵んでやるです」

この1カ月の間、ハルは月や小惑星、他の惑星を調査しており、そこから金、カルメルタザイト、アルミニウムなどが大量にある事を発見していた。

その宇宙の鉱物を採掘すれば、この惑星の経済が10回ぐらい余裕で崩壊するだけの偽造が可能。

ルディからしてみれば、カールたちの旅費を恵む程度、どうでもよかった。

「その申し出はありがたいが、本当にいいのか？」

「誰にでも恵む、経済崩壊するからヤダよ。だけど、人間嫌いのしょー、ニーナが好きだから今回は特別です」

「またルディ君には借りができたな。一体どうやって返せばいいのやら……」

「だったら、はざーん《覇斬》教えろです」

「覇斬？」

「そうです！」

ルディは頷くと腕を振り回して、一度だけ見たカールの覇斬のモノマネを始めた。

「アレ、かっけーです。僕、使えるなりたいのです。はざーん、はざーん！」

「よし、分かった。ルディ君が使えるようになるか分からないが、教えよう」

「やったーです！」

カールから教えてもらえると聞いて、ルディは小躍りしていた。

ルディとカールが1階に戻ると、ドミニクたちが心配そうにカールの様子を窺《うかが》った。

「そんな不安そうな目で見るな。金なら何とかなった」

「いや、そっちの心配もあるけど……。父さん、本当に爆弾を埋められたのか？」

「ああ、ここに入ってる」

ドミニクが話し掛けると、カールは自分の心臓部分を叩いて、心配させないように笑い返した。

「みんな、大丈夫よ。ナオミとルディ君がそう簡単にカールを殺すわけないじゃない」

「確かに俺たち家族を助けてくれたから、信用してるけどさ」

ニーナの話にションが反発すると、彼女が叱り飛ばした。

「だったら問題ありません！」

ニーナに怒られて、三人の息子たちが口を閉じた。

「ルディ君、ドミニクたちがごめんなさいね」

「気にしてねえです」

ニーナの謝罪にルディが気にしないと頭を左右に振る。そして、カールに渡す金を取りに姿を消した。

「それで、お金はどうなったの？」

「俺が覇斬を教える報酬に、ルディ君がお金を払う事になった」

フランツの質問にカールが答える。それを聞いてションが首を傾げた。

彼は他人のマナを感知する事ができる。それ故、ルディの体内にマナが全くない事に気づいていた。

「だけど、ルディにはマナがないぜ」

「え、そうなのか？」

ションの指摘にカールが目を見張る。

魔法が苦手な彼は、ナオミの弟子だからルディにもマナがあると勘違いしていた。

「……ルディが覇斬を覚えなかったらどうするんだよ」

「……どうしよう」

「俺たちに振るな」

頭を抱えるカールにションがツッコみ、その様子をニーナが笑った。

「大丈夫よ。ルディ君なら許してくれるわ」

「母さん、ルディ君を信用してるんだね」

フランツに話し掛けられてニーナが微笑む。

「当然よ。だって命の恩人だもの、信用しなくてどうするの？　それに、ルディ君とナオミは私たち家族以外で、一番信用できる人だと私は思ってるわ」

ニーナがそう言うと、フランツが頷《うなず》いた。

「まあ、覇斬を覚えられなくても俺の剣術を教えるから、それで納得してもらおう」

カールが自分で納得していると、２階からルディが袋を持って戻ってきた。

「この国の通貨、価値知らんです。これだけあれば十分ですか？」

ルディから袋を受け取ると、カールが予想していたよりもずっしりと重かった。思わず眉《まゆ》をひそめる。

そして、袋を開けて金貨を一枚を取り出した途端、カールだけでなくニーナですら息を飲んだ。

「……ガンダルギア金貨」

カールの呟《つぶや》きに、名前だけは知っているけど見るのが初めてのドミニクとションが目を見開く。

フランツだけはガンダルギア金貨の価値を知らず、みんなが驚く様子に首を傾げていた。

ガンダルギア金貨。

８００年前に魔物の襲撃により滅んだ、古代文明で使用されていた金貨。この惑星で唯一製造発行しているローランド国の金貨と比べて、３倍の価値があった。

ナイキがエデンの星に来たばかりの頃、ハルは隠れて両替商を調べていた。その時に偶然、両替商がガンダルギア金貨の取引をしていた。

当時はガンダルギア金貨の価値が分からず、ハルはルディが惑星に降り立つ際、ガンダルギア金貨を渡していた。

「……ルディ君、これはどこで？」

「言えぬです」

まさか偽造したとは言えず、ルディが黙秘する。

「まあ、言えるはずないいな」

これだけのガンダルギア金貨を持っていると他人に知れたら、襲われる危険がある。

カールはそう呟くと、袋からガンダルギア金貨を10枚だけ取って、残りをルディに返した。

「それだけでいいですか？」

「これだけあれば、馬車を買って、帰りに少し良い宿屋に泊まりながらでもおつりがくるぜ」

「そうですか」

ルディが返された袋をポケットにしまった。

「それじゃ、覇斬を教えよう」

そう言ってカールが立ち上がる。

「その前に、昼飯です」

やる気だったカールが、ルディの返答に調子を崩してズッコケた。


「ねえ、ルディ君。このふわふわした柔らかいの何？」

「がんもどきです」

「これ、柔らかくて味も染みてて美味《おい》しいわ。隣にあるのは？」

「お麩《ふ》です」

「これも柔らかくて美味しい。どうやって作ったの？」

「買ったから知らんです」

昼になって、水っぽい重湯だけだと覚悟していたニーナは、ルディが作った消化に良い病院食を見て歓喜し、食べながら色々と質問してきた。

ルディは、師匠が最初に食べた時とリアクションが同じだなぁと考えながら、ニーナの質問に答える。

なお、他の皆は重湯の残りのご飯で作った、ベーコン入りのチーズリゾットを食べていた。

「私が治療中の間に、こんな美味しい物を食べていたなんて悔しいわ」

冗談に聞こえるけどニーナの目はマジ。彼女が何か言う度に、カールたちは恐縮して、何故《なぜ》かナオミが得意げな顔をしていた。

昼食が終わるとナオミは自室に戻り、他の全員が外に出る。

ニーナはリハビリのために、ソラリスの補助で家の周りを散歩中。

カールは約束通りに剣技を教えようと、背中の大剣を抜いてルディと対峙《たいじ》する。カールの息子たちは、ルディの実力を知りたくて、二人の周りを囲んでいた。

「さて、ルディ君。覇斬を教える前に、軽く打ち合って君の実力を確かめたい」

「分かったです」

ルディがショートソードを抜いて構える一方、カールは大剣をだらりと下ろしたまま、構えずに笑みを浮かべていた。

カールの構えに、ルディは舐《な》められてるのかと思って眉をひそめる。

しかし、カールは一見隙だらけに見えるが全く隙がなく、ルディは攻撃しても逆にやられるイメージが湧いて、迂闊《うかつ》に手が出せなかった。

「攻撃しなかったのは合格点だ。だが、防御が甘い。今ので俺は2回君を殺していたよ」

カールからの評価にルディが息を飲む。そして、今の話が本当かどうか確かめようと、わざと隙を作ってカールを誘った。

「……ふっ」

カールが軽く笑った途端、姿が消える。ルディが気づいた時には、カールが一瞬で大剣を横なぎに振るっていた。

咄嗟《とっさ》に剣を縦にして、もう片方の手で剣身を支えて身構える。だが、来ると思っていた衝撃は来ず、フェイントだと気づいた時には、カールの足払いで転んで地面に倒れていた。

「あれ？　お空が綺麗《きれい》です」

青い空を見上げて唖然《あぜん》としているルディに、カールが話し掛けてきた。

「誘われたから乗ってみたぜ。だけど、相手がまんまと乗るとは限らないって事だ」

カールの話をルディは上の空で聞いていた。

ルディの電子頭脳には、銀河帝国流統合格闘剣術がインストールされている。技術だけならプロレベルなのだが、カールと戦っても全く歯が立たず、経験の差がもろに出た。

「もう一度です」

「おう、何度でもかかってこい」

ルディが起き上がってショートソードを構え、カールが大剣を下げる。

もう一度対峙しても、カールからは一切の隙がなく、ルディが攻撃を躊躇《ためら》った。

「攻撃を躊躇うな。相手に余裕が生まれるぞ」

カールがルディの心境を見抜いて指導する。

真正面からぶつかってもダメだ。フェイントを織り交ぜて隙を作るしかない。ルディはそう判断すると、今度は自分から攻撃を仕掛けた。

ショートソードを振り下ろしてカールを狙わず、下げたままの大剣に叩《たた》きつけ、腕を戻すと剣の柄頭《つかがしら》でカールの頭を狙った。

「おっと、そう来るか」

カールがバックステップとスウェーバックを合わせて後ろに下がり、攻撃を躱《かわ》す。

ルディはカールの左太腿《ふともも》の裏を狙って右足でローキックを放つが、それも軽々と避《よ》けられた。

「どうした。もう終わりか？」

「まだまだです」

カールに煽《あお》られてルディが連続で攻撃を仕掛ける。

だが、カールはルディの攻撃を軽々と躱し続け、時にはカウンターで一本を奪い、結局ルディは一度もカールに勝つ事ができなかった。

「……当たらぬです」

何度攻撃しても当たらず、ルディが諦《あきら》めて肩を落とした。

前にルディが斑《まだら》やデーモンと戦った時は、頑丈な服を着ていたおかげで生き残り、剣ではなく爆弾で相手を倒していた。

ソラリスとの稽古《けいこ》では、互いに実戦経験が乏しく、技の張り合いでしかなかった。

今回、カールに負け続けた事で、ルディは自分がまだまだ弱い事を自覚した。

「剣の技は良かった。それと体術を使うのも面白い。ついでに体力も力もある。だけど、実戦不足だな」

「……むう」

カールの指摘はルディも気づいていた。

「覇斬を教えるにはまだ早い。ニーナが回復するまで毎日、剣術を教えるから、実戦向きの乱取り稽古を続けよう」

「強くなりたいからガンガン行くですよ！」

ルディの返答にカールが微笑《ほほえ》んだ。

「いいぞ。その調子だ」

ルディが再び剣を構える。彼はカールの指導に感謝していた。

「ドミニク兄さんから見て、ルディ君は強い？」

カールの指導を受けているルディを、ドミニクが真剣な眼差《まなざ》しで見ていると、横からフランツが話し掛けてきた。

「……剣の腕はいい。ひょっとしたら俺よりも才能があるかもしれない」

ドミニクの評価に、フランツとションが驚くが、話には続きがあった。

「だけど、才能があってもそれが全く生かされてない。だから俺とルディが生死を懸けて戦えば、間違いなく俺が勝つ」

「強いのか弱いのか分からない評価だな」

ションのツッコミにドミニクが苦笑する。

「強いか弱いかで言えば、弱いよ。ただ、ルディはまだ磨かれていない原石だ。多分、父さんも同

じ意見だぞ。見てみろ、ルディの相手をしながら笑ってる」

ションとフランツがカールを見れば、確かに彼の顔は面白いものを見つけたかのように笑っていた。

◆

ルディがリビングで休んでいると、ナオミが自室から出てきて、ルディに色々と質問してきた。

「……では、この星は太陽を中心に回ってるわけではないんだな」

「そーです。よく勘違いされるですけど、惑星系は質量中心を点として回っているです。それは太陽も同じじよ」

「質量中心とはなんだ？」

「質量中心は物体が完全にバランスを取って、質量が全ての方向に均等に分布している重心です。宇宙の2つ以上の物質の間にも重心が存在しているです。それを共通重心と言って、太陽系では共通重心が太陽の中心に重なる事はほとんどねーです。もちろん、惑星は太陽の周りを回っているですよ。ただ、学者ぶった言い方をするのであれば、そうではないという話です」

ナオミは腕を組んで考えていたが、しばらくして質量中心が太陽ではない答えが分かった。

「ふむ……もしかして、太陽の周りで周っている大きな惑星の重力が関係しているのか？」

「さすがししょーです。これだけの説明でそれに気づくの、すげーですよ」

「いや、まだまだ分からない事が沢山ある。ありがとう」

ルディに絶賛されて、ナオミが微笑んだ。

ルディと出会ってからのナオミは、天体力学、化学、物理学など様々な事に興味を持ち始めた。

暇さえあれば質問してくるナオミに、ルディは学習できるスマートフォンのアプリを作ってあげた。

その結果、ナオミは殆《ほとん》どの時間をアプリ片手に勉強しており、それでも分からないところがあれば、ルディかソラリスに質問していた。

「何か難しい話をしているわね」

今日のリハビリを終えたニーナと、彼女の介護をしていたソラリスが現れて、ニーナが二人に話し掛けてきた。

ニーナは会話を聞いていたが、まだこの世界が一つの星だと知らない彼女は、二人が何を言っているのか分からず、チンプンカンプンだった。

「調子はどうだ？」

「順調よ。なんだか若返った感じもするし」

ニーナがナオミの質問に答える。

実際に彼女はルディの治療の効果で、健康を取り戻したついでに、少しだけ肉体年齢が若返っていた。

ニーナがナオミの隣に座り、ルディに話し掛けてきた。

「ねえ、ルディ君。お願いがあるんだけど、いいかしら？」

「なーに？」

「私もナオミのような服が欲しいの。あと下着も！」

願いを聞いたルディが、顎《あご》に手を添え考える。

ニーナは着の身着のままでナオミの家に来たから、替えの服と下着がなかった。

今も彼女が着ている服は、こちらで用意した病院で着るようなセンスのない貫頭衣なので、旅に出るには不便だった。

「いいですよ。ししょー、ファッション誌、まだあるですか？」

「部屋にあるから持ってこよう」

ルディに言われて、ナオミが本を取りに部屋へと戻る。

「ファッション誌？」

「見れば分かるです」

そう言っている間に、ナオミが戻ってきてニーナに本を渡した。

「衝撃が強いから、覚悟しろよ」

「衝撃？」

「衝撃ですか？」

ファッション誌を知らないニーナが首を傾《かし》げ、ルディはファッション誌で衝撃を受ける意味が分からず首を傾げた。

だが、ニーナはテーブルに置かれた表紙の写真を見て、すぐにナオミが言っている事の意味を理解する。

「表紙から凄《すご》い絵ね。まるで実物が本の中に居るみたい。それに、この本の素材って何かしら……」

「木から作るらしい」

「これ、予想していたよりも作るの大変でした」

ニーナの質問にナオミが答え、ルディがぼそっと呟《つぶや》く。

宇宙では電子データが主流で紙の雑誌は存在していない。

そこで、ハルとルディは、雑誌1冊を作るのに紙の歴史から調べて試行錯誤し、かなりの労力を費やしていた。

「……へぇ」

製作者の苦労など知らず、ニーナが本を開いて、パタンと閉じた。

そして、首が折れそうな勢いでナオミの方へ顔を向けた。

「ど、ど、ど、どういう事⁉　何コレ、何コレ、見た事ないオシャレな服、一杯！」

興奮しすぎて語彙《ごい》力を失っているが、今のを簡単に翻訳すると「すっごく素敵！」。

「どうやら気に入ったみたいだな」

「気に入ったもなにも、こんな素晴らしい本があるなら早く見せてよ」

「コレの存在を忘れていたんだ。だけど、忘れて正解だったと今では思っている」

療養中に興奮して倒れられたらたまらないとナオミが答えれば、ルディもその通りだと頷《うなず》いた。

「否定できないのが悔しい」

そう言ってから、ニーナが改めて本を開く。

ファッション誌に載っている服はナオミの年齢層に合わせているが、ニーナの年齢でも似合う服が沢山あった。

「ああ、いいわ。これオシャレ！　こっちも捨てがたい。ねえ、ナオミはこの中からどうやって服を選んだの？」

「うっ……それは……」

「ナオミは自分でデザインしました」

ナオミは自分でデザインしましたなど恥ずかしくて言えず、言葉に詰まっていると、背後で控えていたソラリスが告げ口をした。

「……それ本当⁉　女子力マイナスのナオミが？」

「事実でございます」

「ソラリス、余計な事を言うな。それに女子力マイナスは失礼だぞ、せめてゼロ以上にしろ！」

声を荒らげるナオミに、ニーナとソラリスが半開きの目でジーッっと見返す。

「私がいくら注意しても、センスの欠片《かけら》もないローブしか着なかったじゃない」

「全身緑のローブを初めて見た時、いい歳《とし》なのに森の妖精《ようせい》を演じている最中なのかと疑いました」

「……うっ」

二人からツッコまれて、ナオミが反論できずに項垂《うなだ》れた。

「まあ、いいわ。この本は借りても良い？　私も自分でデザインしてみたくなったわ」

「別に構わねえです。ソラリス、服を作る何日必要ですか？」

「3日必要でございます」

ルディの質問にソラリスが返答する。

「ニーナが回復するのに後6日、3日以内に決めろです」

「了解。後、アドバイザーにソラリスを貸して」

「どうせリハビリいつも一緒。それに、服を作るソラリスだから、こき使えです」

「ありがとう！」

ルディの許可を得ると、ニーナはウキウキと雑誌を開いて、ソラリスに色々と質問していた。


この話から2日後。

ニーナはナオミと違って何着も服をデザインした。ついでにカールたちの服も何着か作りたいと、ルディにお願いする。

ルディは少し欲張りすぎなんじゃないかと思ったが、その場に居合わせたナオミから、「その強欲が母親の愛情というヤツだ」と言われた。

ルディはよく分からないけど、逆らっても時間の無駄な気がして、「まあ、自分が作るわけじゃねえし」と許可を出した。

大変だったのはソラリス。

彼女がデザイン画の枚数から見積もったところ、家にある生地だけでは足りなかった。

「カールたちの服ですが、ルディの服に使っている生地を使ってもよろしいですか？」

「んーどうしてくれようかなです」

ルディの着ている服は、この星だとオーバーテクノロジーの部類に入る。だが、肌触りは普通の生地と同じで、強引に破こうとしなければ正体がバレる物ではなかった。

「そーですね……助けたのにすぐ死なれても困るから、許可してやろうです」

「分かりました」

別にどうでも良かったルディは、何も考えず許可を出す。

許可を得たソラリスは、深夜にこっそり揚陸艇を降下させると、家から離れた場所で生地やら下着やらを回収。そして、寝る間も惜しんで服を作り始めた。

「ねえ、ソラリス。この生地は何？」

ナオミと違って裁縫ができるニーナは、ソラリスを手伝いながらスベスベで丈夫な生地を触って質問してきた。

「蜘蛛《くも》の糸とシルクを織り交ぜた生地でございます」

「蜘蛛の糸？　シルクって何？」

ソラリスの言う蜘蛛の糸とは、別の星に生息している蜘蛛から取れる糸で、防弾、防熱に優れていた。

この惑星では、まだ養蚕業が存在していないため、ニーナはシルクの存在を知らず、見た事のない生地に興奮していた。

「2種類の虫の糸でございます」

「聞いても分からないわ。だけど、良い生地ね。これでドレスを作ったらきっと素敵なものができるわ」

「残念ですが、そこまで時間に余裕がございません」

「私たちが帰った後、ソラリスが自分の服を作って着飾って欲しいの」

ニーナの話にソラリスが首を傾げる。

「私をですか？　その申し出は不要でございます」

「そんな事言わないで。貴女《あなた》も美人なんだからオシャレな服を着たら、きっと似合うわよ」

「ニーナのデザイン画から、この星の衣服の流行は把握しております。問題は私が流行の服を着たとしても、私自身が嬉《うれ》しくないので必要性がない事でございます」

ソラリスの返答にニーナが驚きながら首を傾げる。

「おしゃれな服を着ても嬉しくないって言う女性は、初めて見たわ」

「仕様でございます」

「変な子ね」

こうして、ニーナたちの服は着々と完成しつつあった。

◆

デッドフォレスト領の領主ルドルフ・ガーバレスト子爵は悩んでいた。

村がアルフレッドの手で壊滅したのはどうでもいい。自分も不作で税金が払えないと泣きついてきた村民を全員、奴隷商に売って廃村にした事がある。

兵士が500人死んだのは痛手だが、それくらいの被害だったら金さえあれば何とかなる。

だが、息子のアルフレッドが行方《ゆくえ》不明なのは、彼を大いに悩ませた。

ルドルフの最初の妻はアルフレッドを産むと、産後の肥立ちが悪く死んでしまった。

その後、何度か再婚を繰り返したが子供には恵まれず、アルフレッドが唯一の息子だった。

もし、アルフレッドの死体が残っていれば、ルドルフも諦《あきら》めがついたかもしれない。だが、死体は見つかっておらず、それが僅《わず》かな希望となって、彼はまだアルフレッドが生きていると信じていた。

なお、彼の願望通りにアルフレッドは生きているのだが、養蜂改め、蜂が彼を養殖している。

村に通じる道を封鎖して箝口令《かんこうれい》を敷いてはいるが、人の口に戸は立てられない。

村の後始末をした部隊の兵士の口から情報が漏れ、相手が奈落《ならく》の魔女という知名度もあってか、噂はかなりのスピードで広まっていた。

「それが王都で暮らす弟に知れたら……」

ルドルフが頭を抱える。

彼と弟は子供の頃から犬猿の仲だった。いや、ルドルフが一方的に弟を嫌っていた。

ルドルフの弟の名前はレインズ。彼とは6歳違い。

ルドルフが36歳なので、レインズは30歳。今は王城で近衛《このえ》兵として働いていた。

レインズは性格は大人しく真面目《まじめ》だった。ルドルフはそれが気に食わず、レインズを子供の頃から虐《いじ》めていた。

兄に虐められたレインズはやり返す事なく暴力に耐えていた。

ルドルフは領民など虫けら同然と考えていたが、レインズは領民に対して優しかった。ルドルフはそれも気に食わなかった。

そして、二人の父親はルドルフよりも領民を労《いたわ》るレインズを可愛《かわい》がるようになり、ルドルフは父親とも仲が悪くなった。

ルドルフの頭の中では、家族の仲が悪いのは自分の言う事を聞かないレインズが悪いということになっていた。

ルドルフが20歳になって領地の後継者に決まると、レインズは14歳の若さで騎士になるべく王都へ去っていった。

これはルドルフによるレインズの暗殺を恐れた先代の配慮なのだが、その考えは正しかった。

もし、レインズが領内に居たら、ルドルフはきっと彼を殺していただろう。

アイツ《レインズ》の事だ。アルフレッドが居ないと知ったら、きっと俺を殺して全てを奪い取るに決まってる!

強欲な性格は他人を信じられず、自分が考えている事と同じ事を他人からもされると考える。

ルドルフはアルフレッドが居ない今、レインズが噂を聞いたら、自分を殺しに来ると思い込んでいた。

「どうする、どうする……奈落の魔女と交渉してアルフレッドを取り戻すか? いや、相手は奈落の魔女だ、交渉しようとしても殺される。だったらレインズを暗殺するか? それも無理だ。さすがに王城にまでは刺客を送れん」

ルドルフが机に突っ伏して頭を抱える。その時、一筋の閃《ひらめ》きが脳裏に浮かんだ。

「そうだ。奈落の魔女といえばローランド! あの国は今も魔女の首を狙っているが、うちの国との不可侵条約でここには来れん。それを密かに呼んで、どさくさに紛れて息子を取り戻せれば……」

一地方のたかが子爵に他国の軍隊を呼ぶ権限などない。だが、それでも彼は息子を取り戻そうと、隣接しているローランド国の知人の貴族に手紙を書き始めた。

◆

リハビリで疲れたニーナは、ナオミの家のテラスで休憩していた。

自室で勉強していたナオミも、休憩に外へ出てニーナの隣に座る。

二人の背後には、ソラリスが控えていた。

二人の目の前では、ルディがカールから特訓を受けており、剣を打ち合っていた。

「ルディ君は天才ね」

「私は剣術を知らないから、何とも言えない」

ニーナから話し掛けられたナオミが肩を竦《すく》める。

今のルディは、3日前に初めて稽古《けいこ》を受けた時よりも上達しており、カールが時々ヒヤッとする場面が何度かあった。

「よく言うわ。貴女、死体から剣を奪って、操っていたじゃない」

「そんな昔の事、よく覚えているな」

「貴女の魔法は一度見れば忘れないわ」

ニーナが微笑《ほほえ》むのとは逆に、ナオミが顔をしかめる。

そして、話題を変えようとルディの話に戻した。

「ルディは天才とは違う。そうだな……努力を効率化できると言えばいいのか?」

そうナオミは答えたが、彼女の言っている事は間違っていなかった。

ルディは経験した事を、ナイキのデータベースと共有させていた。

今もカールの動きを全て記録させており、その日の晩に銀河帝国流統合格闘剣術のアプリケーションと融合させて、バージョンを上げていた。

その結果、ルディは前日に習った事に加え、カールの体捌《たいさば》き、間合い、剣筋をラーニングした動きを可能にしていた。

その学習能力は、この星の常人から見れば天才と呼べるレベルだった。

なお、アプリケーションのアップデートはソラリスもしており、それを後で知ったルディは「お前、卑怯《ひきよう》者です！」と文句を言った。

それに対して、ソラリスは「仕様のアップデートでございます」と言い返していた。

「よく分からないけど、普通はそれを天才と言うんじゃない？」

「天才は努力なんてしないさ。彼は常識外れの秀才だよ」

ナオミの返答が面白かったのか、ニーナがクスクスと笑う。

「さすが天才の目は厳しいわね」

「私が天才？　そんなことは一度も思ったことないな」

「貴女が天才じゃなければ、ローランドの爆炎の魔人とまで呼ばれているバベルは何て言うかしら」

そう言ってニーナが横目でナオミを見る。

爆炎の魔人か……久しぶりに嫌な名前を聞いたな。

ニーナの口から出た名前に、ナオミの表情が少しだけ険しくなる。

ニーナは知らなかったが、ナオミの顔を燃いたのは、まだ一介の魔法使いだった頃のバベルだった。

不意にルディのショートソードがカールに襲い掛かる。

3日前とは違う隙を突いた攻撃に、防げないと判断したカールは、斬られる前に前蹴り《まえげ》を放ちルディの胴体を蹴り飛ばした。

「しまった。力を入れすぎた！」

カールが謝ろうとするが、ルディは蹴られても平然とした様子で汚れた箇所を手で払うと、再びショートソードを構えた。

「……オーケー、少し待ってくれ」

「休憩ですか？」

カールの待ったに、ルディは息を整えてショートソードを下ろした。

「この3日間、何かがおかしい」

カールが険しい表情を浮かべて口を開く。

「何がです？」

「確かにルディ君には才能がある。それは最初に稽古をつけた時から分かっていた。だけど、上達速度が常人を超えているのは何でだ？」

カールから理由を問われてルディが返答に悩む。

才能といっても、電子頭脳にインストールしている銀河帝国流統合格闘剣術をアップデートしているだけ。

体力と腕力は、マナに抵抗するワクチンの副作用がドーピングとなって現在急上昇中。

蹴られてもケロッとしているのは、この星にない素材で作られた防弾服のおかげだった。

この事はナオミ以外の人間には秘密の事だったので、ルディは顔から表情を消して口を開いた。

「仕様でございます」

「……それはこの家で流行っているセリフか何かか？」

ルディのやったソラリスのモノマネに、カールが苦笑いを浮かべた。

少し休憩した後、カールの特訓は次のステップに進んだ。

「さて、剣術の基礎は教えた。次は戦う時の基本を教える」

「戦う時の基本ですか？」

「そうだ。相手は全員接近戦で挑んでくるとは限らない。時には魔法を使う相手と戦う時がある」

「例えばししょーとかですか？」

その質問にカールが頭を左右に振って否定した。

「ルディ君。もし、奈落と戦う場合があったら、その時は全力で逃げろ。間違っても戦おうなんて考えるな、それはただの自殺行為だ」

「ししょーすげー」

カールの忠告にルディが興奮して、何故《なぜ》かナオミの株が上がった。

「さて、話を戻そう。剣士は接近戦には強いけど、遠距離から魔法で攻撃されたら手も足も出ない。そこで、必要なのが魔法抵抗だ」

「ふむふむです」

「魔法使い、または魔法を使う魔獣は様々な魔法を使ってくる。直接魔法を撃つのは当たり前、時には眠らせたり、痺《しび》れさせたり、目を潰《つぶ》したりしてくる」

「ししょーの闇の世界は最強でした」

「あんなのは俺でも敵《かな》わん。ルディ君、いいか。奈落を普通の魔法使いと一緒にしたら駄目だ。あれは存在自体が災害だ」

「カール、聞こえているぞ！」

離れた場所からナオミが文句を言ってきた。

「嘘《うそ》は言ってねえ！」

謝るどころか逆に開き直ったカールが怒鳴り返すと、ナオミは肩を竦めて、彼女の隣でニーナがクスクスと笑っていた。

「邪魔が入ったけど魔法抵抗の話だったな。まあ、口で説明するより一度見せよう」

カールがそう言って魔法を詠唱する。すると、一瞬だけカールの体が光った。

「これが魔法抵抗の魔法だ。この魔法は魔の系統で、熟練度が上がれば上がるほど敵の魔法の威力を軽減できる。ただし、詠唱中は常にマナを消費するから必要に応じて使うんだ」

「なるほどです」

「という事で、これは冒険者としては必須《ひっす》の魔法だが、ルディ君は誰かに教わった事はあるかな？」

「ねーです」

ルディの返答にカールが頷《うなず》く。

「やっぱりな。ションからルディ君とソラリスの体内にはマナがないと聞いている。もしかして、君たち二人はマナ欠乏症なのか？」

「マナ欠乏症は初めて聞く病名です。だけど、僕、ソラリス、マナないのは事実よ」

「……打ち明けてくれてありがとう。正直に言おう、魔法抵抗を上げるのは戦士として基本中の基本だ。そして、俺の覇斬も魔と風の複合魔法だ。つまり、ルディ君は覇斬を習っても使えない」

カールは真剣な表情でルディに伝えて反応を窺《うかが》う。

ルディは別に落ち込んでおらず、平然としていた。

「カール、安心しろです。それは既に知っとるですよ」

「……そうか」

「だけど、覇斬、見せろです」

「見せるだけでいいのか？」

カールの確認にルディが頷いた。

「分かった。そうだな、何か的があれば……」

カールが的を探していると、二人から少し離れた場所に、土の人形が現れた。

「カール、そいつを使え！」

「さすが弟子想いの師匠だな！」

ナオミが土人形を作ると、カールがナオミに冗談を言った。

その冗談に照れたのか、ナオミがそっぽを向く。

「アイツ、本当に変わったな」

カールが知っているナオミは、常に相手と距離を置いていた。

カールや冒険者の仲間たちが冗談を言っても、過去のナオミは全く笑わなかった。

だが、今のナオミを見ていると、あの時の印象が180度ひっくり返った。

「カール、女の過去は詮索《せんさく》するなです。これ男としての常識よ」

「はっはっはっ。確かにその通りだ」

なお、ルディが今までナオミの過去を詮索しないのは、これが理由だった。


カールが両手で大剣を掴《つか》んで、肩に背負う。

「一度しか見せないから、よく見とけよ」

「ケチですね」

ルディがそう言うと、カールは顔をしかめた。

「……確かに減るもんじゃねえけど、そう言った方が希少価値が高まるから、つい言ってみた」

「イキリな発言です」

「調子狂うな……覇斬！」

ルディが見ている前で、カールが大剣を豪速で振るう。

すると、大剣から黒い風が放たれて、土の人形を通り抜けた。

土人形は斬られてもそのままだったが、しばらくすると斬られた箇所からズレ始めて真っ二つになった。

「すげぇです！」

ルディが走り寄って土人形の切り口を確認する。

切られた部分はスベスベで、斬撃の鋭さに驚いた。

「さっきも言ったが、これは魔と風の系統の複合魔法だ。詠唱は簡略化して一言唱えるだけだ」

「一言だけですか⁉」

「敵の面前で長ったらしい詠唱なんて唱える暇なんてないからな。何度も何度も練習して、体に覚えさせて簡略化させたんだぜ」

カールの説明を聞きながら、ルディは何度も頷いていた。

なお、カールの覇斬と魔法抵抗の魔法は、ルディの左目のインプラントで録画して、ナイキのデータベースに保存していた。

「私にはマネのできない芸当だな」

いつの間にかナオミが近づいて、土人形の切り口を見ながら呟《つぶや》いた。

「アンタは魔法使いだろ。接近戦の真似事《まねごと》なんて必要ねえじゃねえか」

「剣士が魔法使いに勝つため、魔法使いについて学ぶのと同じだ。魔法使いが剣士について学ぶ事の何が悪い？」

「さすがししょー、その通りです」

ナオミの言い返しにルディがその通りだと頷く。

言い返せなかったカールは顔をしかめていたが、ナオミへの意趣返しを思いついてニヤリと笑い、ルディに話し掛けた。

「なあ、ルディ君。一応、俺も君の師匠になると思わないか？」

その質問に、ルディは暫し考えてから口を開いた。

「ししょーが二人居たらこんがらがるです。だからカールは今日から師範です！」

「はっはっはっはっ！　そうか師範か！」

ルディの返答にカールは満足して笑い、ルディを独り占めしていたナオミは、奪われた気分になって少しむくれた。

◆

ルディは自室のベッドで寝っ転がり、左目のインプラントから投射スクリーンを表示させていた。

彼が見ているのは、架空の馬と人間のミュータント少女たちが競馬レースで走る、大人気アニメの録画だった。頑張れ、オグリンキャップ。

『マスター、報告があります』

奇跡の大復活、引退レースでオグリンキャップが先頭に立って、最後の直線に差し掛かったところで、ハルから無線通信が入ってきた。

『……何だ？』

一番良いところで中断されて、ルディがベッドから転げ落ちそうになった。

その間にアニメの主人公は見事一位でゴールをしていた。

『巡洋艦ビアンカ・フレアの船長室で発見した、スマートフォンの解析が完了しました』

『……感動をぶち壊す、最高に良いタイミングだな』

ルディは皮肉交じりの冗談を言い返すと、暫し考えてからハルの報告内容を思い出して相槌《あいづち》を打った。

『……そういえば、そんなの拾ったな。随分と遅かったじゃないか』

『データの復旧に時間が掛かりました。復旧できたのは全体の24％、個人データはその内の13％だけです』

『少ないな……それで必要な情報は残っていたか？』

『個人データの中に、ノア計画についてのメモが1ファイルだけ存在していました』

その報告に、半分以上諦《あきら》めていたルディは驚き、目を見開いた。

『本当か⁉』

『イエス、マスター。ファイルのアドレスを転送します』

ルディがファイルサーバーのファイルを開いて確認する。

メモには会議中に書いたと思われる、走り書きの短い文章があった。

ノア計画
・目的地　惑星ナイアトロン２９３Ｄ
・出航予定　ＧＤ８２３４年11月30日
・目的　星の調査
なぜ製薬会社の依頼で我々が調査をしに行かねばならんのか？

『これだけか？』

ファイルを見たルディが質問する。

『復旧できたのは以上です』

『……我々というのは帝国軍だろうな』

ルディが所属している帝国軍は、銀河系全域を支配していて広い。

それ故、帝国軍軍艦は、各国で決められた数を所有する決まりがあった。

『おそらくそうでしょう』

『ビアンカ・フレアの所属国家はどこだか分かるか？』

『それはソラリスのデータから判明しております。巡洋艦ビアンカ・フレアはダーバの所有物です』

ルディが左目のインプラントを切り替えて、３Ｄの宇宙地図を表示する。

ダーバを検索した結果、返ってきたのは「該当なし」だった。

『ハル、帝国宙図にダーバなんて国はないぞ』

『ダーバは１２００年前に滅亡して、現在は存在していません』

『……滅亡？』

『滅亡前のダーバは東西に分裂しており、内戦状態でした。そして、１２００年前に東と西が同時に惑星破壊兵器を使用した結果、人口の99％が消滅しています。帝国中央議会は、使用が禁止されている惑星破壊兵器を使用したダーバに対して軍を派遣。惑星破壊兵器を使用した関係者全員を処刑しています。その後、ダーバは国家として消滅し、所有していた星系は隣国に編入されました』

ハルの報告にルディがため息を吐《つ》いた。

「人の命が軽いのは、文明が発達してもしてなくても、どこの星も同じか……」

ルディが再びメモを見て、最後に書いてある一文を考える。

『この製薬会社ってのが気になるな。ダーバで軍を動かすぐらい大きな製薬会社の名前は分かるか？』

『その情報はございません』

残念ながら会社名は分からなかったが、ルディは製薬会社がこの星を調べる理由を既に分かっていた。

『……どう考えても狙いはマナだろう。それは、師匠の薬が証明している。こいつは帰れたとしても、迂闊《うかつ》な行動はできないぞ』

ルディは頭を抱えそうになるのを堪《こら》えて、気持ちを切り替えた。

『ダーバがあった星域を教えてくれ』

『イエス、マスター。宙図に表示させます』

宙図の端が赤く光り、その場所を見てルディが顔をしかめた。

『……銀河系の隅。しかも、デスグローとの戦争地域の近くじゃないか』

ルディの言う戦争地域とは、デスグローと名付けた別の銀河から侵略中のゴブリン種族と戦っている地域の事で、現在でも一般人は立ち入り禁止の危険区域だった。

『イエス・マスター。その通りです』

ハルの返答を聞きながらルディが思考に耽《ふけ》る。

ダーバがこの星の調査に向かったという事は、この星系はダーバに近い可能性があるな。そして、この星にゴブリンが存在しているという事は、侵略しているデスグローの拠点からもそう遠くないのだろう。それならば、何故《なぜ》、デスグロー共はこの星を侵略していない？

ルディはそこまで考えると、一番最悪のパターンが脳裏に浮かんだ。

『……ハル、もしかして、この星系はダークゾーン《暗黒地帯》の中にあるのか？』

『……現状から出した計算だと、その可能性は十分にありえます』

その返答に、今度は本当に頭を抱えて唸《うな》り声を上げた。

ルディの言うダークゾーンとは、星系以外の空間では電波の飛距離が減少する宇宙空間の事だった。

その地域では光も歪《ゆが》み現在地が分からなくなるため、一度入ったら脱出が不可能と言われていた。

『ハル、ナイキの救難信号は解除しろ。やるだけ無駄だ』

『ここがダークゾーンでない可能性もあります』

『その可能性は何パーセントだ？』

『2％です』

『切れ』

『イエス・マスター』

ルディの即答に、ハルはナイキの救難信号を停止した。

『製薬会社が軍を使ったのも納得だよ。一般の調査船がダークゾーンなんて入れるわけない。敵のデスグローだって自殺願望でもなけりゃ、ダークゾーンなんざわざわざ入ってこないだろう』

『では、この星のゴブリンはどうやって来たのでしょう』

ハルの質問をルディが鼻で笑い返した。

『たぶん、俺たちと同じだ。帝国軍との戦闘中に逃げようとしてワープしたに違いない。それで運が良いのか悪いのか分からんが、この星の近くに跳んだんだろう。コレはあくまでも憶測だけど、何かを賭《か》けてもいいぞ』

『マスター、今の内容は対象すべき項目が全て未知数なので、計算不能です』

『人間はそういう時、開き直って「オーマイゴッド」って叫ぶんだ』

『AIは神の存在を信じませんが、オーマイゴッド』

『よろしい』

ルディは笑った後、自分の悪運を呪ってため息を吐《つ》いた。

四章　ゴブリン一郎

「やっぱり駄目です。俺には師匠の薬が効かねーです」

ルディはナオミの薬を調べた結果、今の自分の体には効果がなく、逆に抗生物質の副作用で毒となる事が分かった。

原因も判明しており、ナオミの薬は彼女のマナ成分が抗生物質の副作用を無効化しているのだが、ルディの体内にあるマナ用のワクチンが彼女のマナを殺しているせいだった。

ワクチンの効果が切れるまで、あと2カ月ぐらいだろ。ワクチンが切れる前にマナ回復薬が完成しなかったら、またワクチンを打たないと駄目だけど、そうしたら俺の体にマナが溜《た》まらない……。

ルディそこまで考えると悪循環に苛立《いらだ》ち、両手で髪の毛を掻《か》き毟《むし》った。

「あーもー！　この星以外の生物、僕しかいないです。マウスの実験できねえのキツイですよ！」

その時、ルディの脳裏でピキーンとアイデアが閃《ひらめ》いた。

「そうか、マナのない動物が居なければ、作ればいいんです！」

マナを殺すワクチンを打てば、体内のマナはなくなる。それなら今の自分と同じだ。

ルディは早速試してみようと、マウスを確保しに外へと向かった。

外に出ると、魔法の修業をしていたフランツが話し掛けてきた。

「ルディ君、どこかに行くの？」

「森の中でネズミ捕ってくるです」

「僕も行っていい？」

フランツは何でネズミを欲しがるのか分からなかったが、ルディと遊びたくて自分も行くと言い出した。

「構わねえです」

「やったね」

こうしてルディとフランツは森の中へと向かった。


「ネズミ、いねえです」

「夜行性だから、日中は土の中じゃないかな」

1時間探してもネズミは見つからず、困っているルディをフランツが宥《なだ》めた。

「それに町のネズミと違って、野ネズミは捕まえるの難しいよ」

「そーなのですか？」

ネズミの生態に詳しくないルディの問い掛けに、フランツが頷《うなず》いた。

「動物の中で一番弱いからね。野ネズミは隠蔽《いんぺい》の魔法で姿を隠すんだ」

「ネズミごときが魔法使うですか？」

フランツの話にルディが驚いて聞き返した。

「うん。魔法の検知に引っかからないぐらい微弱な魔法で姿を隠すから、けっこう捕まえるのって難しいよ」

「むむむ、ネズミ侮りがたしです」

ルディとフランツが会話をしていると、少し離れた場所で物音が聞こえた。

「何か音がしたです」

「気を付けて！」

ルディとフランツが警戒していると、物音が少しずつ近づいてきた。

そして、目の前の茂みがガサガサ揺れると、そこから30㎝はあろうトカゲの頭が現れた。

「でっけえトカゲだけど、お前に用はねえから帰れです」

ルディがシッシッと手を払う。トカゲは二人に興味がなかったのか、のそのそと去っていった。

「ルディ君ってすごいね」

トカゲが立ち去って警戒を解いたフランツは、ほっとため息を吐くと、ルディに話し掛けてきた。

「何がです？」

「あんな大きなトカゲを見ても、物怖じしないんだもん」

「ビビったら負けです」

なお、ルディはナイキのデータベースで、今のトカゲが草食爬虫類《はちゆうるい》だと分かっていたから放置しただけ。

「僕は全然駄目だよ。戦う時はいつも怖がってるから、兄さんたちに叱られるんだ」

そう言ってフランツが表情を曇らせた。

「怖いのはフランツが無知だからです」

「無知？」

フランツが首を傾《かし》げる。

「そうです。ししょーはあんなにつえーのに、いっつも好奇心溢《あふ》れまくって勉強しとるです。あれは自分が強くなるためなのです」

「勉強で強くなれるの？」

「なれるです。知識あればあるほど相手の事丸分かり。それだけ自分有利になって恐怖が減るのです」

ルディの説明にフランツがなるほどと頷いた。

「そうだね。うん、僕も勉強するよ」

「それだと、今まで勉強してなかった言い方です」

「そんなことないよ。もっと勉強して強くな……」

フランツが言い返していると、今度はギャーギャーと喧《やかま》しい声が聞こえてきた。

「会話の最中にうるせえです。今度は何ですか？」

「ルディ君、今の声はゴブリンだよ」

フランツがルディの服を引っ張って注意を促す。

「むむむ。いつの間にかししょーの結界の外まで出てたですか」

ルディがショートソードを抜いて一歩前に出る。

「フランツ、声でゴブリンと分かったです。それで、こっちが少し有利になった。これが勉強する意味です」

「そうか……そうだね！」

ルディたちが警戒していると、三体のはぐれゴブリンがルディたちを見つけて襲い掛かってきた。

ゴブリンが武器を振り上げて近づいてくるのと同時に、ルディが走り出す。

「風の雨！」

既にフランツは魔法を完成させており、奥のゴブリンに向かって透明な風の魔法を放った。

ゴブリンが攻撃する前に、ルディが素早くゴブリンの横を走り抜ける。その際にショートソードがゴブリンの脇腹を深く斬り裂き、出血の後にボトリと内臓が地面に落ちた。

フランツの放った風の刃《やいば》が上空で反転して４つに分裂する。

そして、奥で控えていたゴブリンの真上から襲い掛かり、体を引き裂いた。

これは、フランツがナオミから教わった魔法の１つ。ただまっすぐ飛ばすだけの風の刃と異なり、気付かれにくい上空から風の刃を分裂させて振り下ろす事で、不意を突く魔法攻撃だった。

真ん中に居たゴブリンは目の前で仲間が切り裂かれて驚き、背後からの悲鳴に振り返れば、もう一体の仲間もフランツの魔法で死んでいた。

突然の出来事に動揺して動けずにいると、ゴブリンの面前にルディが現れた。

ゴブリンは自分も殺されると思い、何もできず身を縮こまらせた。

「……とりゃ！」

ルディが剣の柄頭《つかがしら》で思いっきり頭をぶん殴る。

ゴブリンが気絶して地面に倒れた。

「ルディ君、とどめを刺さないの？」

気絶して目を回してるゴブリンを見下ろして、フランツが質問する。

「コイツ、ネズミの代わりです」

「……？」

フランツが首を傾げる前で、ルディが「にひひ」と笑った。

フランツはルディの笑顔を見て、何故《なぜ》か分からないけど寒気を感じた。


ゴブリンを生け捕りにしたルディとフランツだったが、気絶しているゴブリンを前にして悩んでいた。

「ゴブリン、どうやって連れて帰ろうです」

フランツが居なければドローンに運ばせていたが、人前でドローンは見せられない。

「起こしたら逃げちゃうよね」

「とりあえず、身ぐるみを剥《は》ぐですよ」

ルディはそう言うと、ゴブリンが持っていたボロボロで錆《さ》びたダガーをポイッと捨てて、腰布一枚にした。

「コイツ、臭せえし汚ねえです。風呂《ふろ》入ってろですか？」

「綺麗《きれい》好きなゴブリンは聞いた事ないなぁ」

「生物、体綺麗しないと病気なるですよ」

ルディは辺りを見回して、近くの木に絡んでいたツタを切る。そのツタでゴブリンを後ろ手に縛った。

「ゴブリン一郎、起きろです」

ルディが脇腹を蹴《け》ってゴブリンを起こす。

ゴブリンが意識を取り戻すと、仲間の死体とルディたちを見て暴れ出した。

「ギーギャー（お前たち、よくもやってくれたな）！」

「うるせえです」

「ギャー（痛《い》ったい）！」

ルディがもう一度蹴っ飛《と》ばして、ゴブリンを大人しくさせた。

「ルディ君。ゴブリン一郎って何？」

「コイツの名前、今名付けたです」

「ユニークな名前だね」

優しいフランツはそう言ったけど、心の中ではネーミングセンスが酷《ひど》いと思った。

「ほら、起き上がれです」

ルディが起き上がらせようと、ゴブリン一郎の腕を掴《つか》む。

すると、ゴブリン一郎は不意を突いて体当たりをしてきた。

「アポ！」

ゴブリン一郎の行動を予想していたルディは、焦る事なくゴブリン一郎の体当たりを躱《かわ》して、お返しに脳天にチョップを当てた。

さらに連続で、チョップをペシペシと頭に放つ。

「アポ！　アポ！　アポ！　アポ！」

「ギャー（やめろ）！　ギャー（痛てぇ）！　ギャー（だから痛いって）！　ギャー（もう許して）！」

ルディのチョップが脳天に当たる度に、ゴブリン一郎が叫ぶ。

残念ながら、ルディとフランツはゴブリンの言葉を理解できず、ただ叫んでいるようにしか聞こえなかった。

ルディのチョップは別に死ぬような攻撃ではないし、そんなに痛くもないのだが、何度も叩《たた》かれてゴブリン一郎が大人しくなった。

そんなゴブリン一郎の目は、ルディを恨めしそうに睨《にら》んでいた。

「やっと大人しくなったです」

「ルディ君、えげつないよ」

「それはしじょーが悪いです！」

自分の行動が悪いのを、ナオミのせいにする。

フランツは敵ながらも、ゴブリン一郎に同情した。


ゴブリン一郎は何度か逃走を企てようとするが、その都度ルディに捕まって、頭にチョップを喰らっていた。

痛そうにしているゴブリン一郎を憐《あわ》れんだフランツが、回復の魔法を唱えて頭の痛みを取り払う。

すると、ゴブリン一郎は目でフランツに助けてと訴えていた。

ルディたちがナオミの家に戻ると、ゴブリン一郎は見た事のない丸太小屋をぽかんとした表情で見上げていた。

だけど、そのまま引っ張られて、畑の水撒《みずま》き用の水場に座らされた。

「逃げようとしたら、またチョップですよ」

「ギー（何するの）？」


ゴブリン一郎が首を傾げていると、ルディが蛇口につけたゴムホースから水を出してゴブリン一郎を洗い始めた。

なお、ゴムホースもこの星ではオーバーテクノロジーの部類に入るが、カールたちは何度も見た事のない便利な品を目撃しており、「またか」と思うぐらいで気にしなくなっていた。

「ギー（何で）？　ギャギー、ギャギ（何で洗ってるの、やめて）！」

「大人しくしろです」

逃げようとするゴブリン一郎をルディが地面に転がす。

自分自身もびしょ濡《ぬ》れになりながらゴブリン一郎の体を洗うが、何年も洗っていない彼の体は垢《あか》まみれで、擦《こす》っても擦っても垢が出てきた。

「コイツ、マジで汚ねえです。フランツ、風呂場《ふろば》から垢すりタオルと石鹸《せっけん》持ってこいです！」

「う、うん」

ルディの行動にドン引きしていたフランツが、慌てて風呂場からタオルと石鹸を持ってきてルディに渡した。

「これで綺麗にしてやろうです！」

ルディが垢すりでゴブリン一郎の体を力いっぱい擦る。

「ギャー（痛い）！　ギャー（もっと優しく）！　ギャー（だから強いって）！」

石鹸が泡立つまで何度も洗ってゴブリン一郎が綺麗になると、ルディは一仕事した気分になって額の汗を拭《ぬぐ》った。

「やっと綺麗になったです」

ゴブリン一郎を見れば、確かに汚れが落ちて、ダークグリーンだった体がエメラルドグリーンに変わっていた。

ただし、所々肌が赤くなって、ヒリヒリと痛そうでもあった。

「ギュー（もうゆるして）、ギーギー（俺が一体何をしたんだ）？」

体が綺麗になったのに、ゴブリン一郎はか細い声で泣いていた。


「フランツ、一郎は何を食べるですか？」

「詳しくは知らないけど、家畜を襲うから肉は食べると思うよ」

ルディの質問にフランツが首を傾げながら答える。

「生肉与えてみるです」

ルディはそう言うと、ゴムホースでゴブリン一郎の体を木に括《くく》り付けてから家に入り、今日の夕食用に用意していた生の鹿肉を持ってきた。

「ほら、食べろです」

目の前に差し出された生肉を見て、ゴブリン一郎がプイッと顔を背けた。

「ギャー（生の肉なんか食べるか）」

「むむ。生意気なゴブリンです」

「やっぱり焼かないと駄目じゃないかな？」

「贅沢者《ぜいたくもの》め、特別です」

フランツの指摘にルディが顔をしかめる。

仕方がないと、テラスに置いてあった七輪を使って肉を焼き始めた。

炭火焼きの鹿肉から良い匂いが漂い、ゴブリン一郎だけではなく、ルディとフランツもお腹《なか》が空《す》いてきた。

「微妙な時間だけど、腹減ったです」

「……うん」

ルディにフランツが頷《うなず》く。

「僕たちもちょびっと食うですか」

「いいの？」

「問題ねーです」

「やったー！」

フランツが喜んでいる間に、鹿肉がこんがり焼き上がった。

「熟成した初めての鹿肉、どんな味か楽しみですよ」

ルディは市販の焼肉のたれに、鹿肉をつけてから食べてみる。

赤身の肉は熟成されて柔らかく、それでも嚙《か》み応えがあった。

噛めば噛むほど肉汁が口の中に広がって、肉自体の味も野性味があって美味《おい》しく、たれも絶品だったので、ルディは鹿肉を気に入った。

「これ、本当に鹿の肉？　今まで食べた肉と全然違うよ！」

ルディと同時に食べたフランツが、驚きを隠さず話し掛けた。

「それが熟成のパワーです」

「凄《すご》いね。だけど、ここから離れたらもう食べられないのが、残念だなぁ」

「フランツたちいっぱい狩ったから、肉が余るです。土産《みやげ》に持って帰れですよ」

「おおー。ルディ君、ありがとう！」

「だけど、腐る前に食えです」

フランツが両手を上げて喜んでいると、離れた場所から「ぐぐ──っ」と低い音が聞こえてきた。

その音にルディとフランツが振り向けば、ゴブリン一郎が焼けた肉をガン見して涎《よだれ》を垂らしていた。

「そういえば、お前が居た、忘れてたです」

ルディの発言を、フランツは酷いと思った。

試しにとルディが一切れの鹿肉をゴブリン一郎に与えてみれば、鹿肉の美味《うま》さにゴブリン一郎の目が輝いた。そして、もっとくれと口を開けて催促してきた。

「ゴブリンでも味覚があるですね。どこかのポンコツメイドとは大違いです」

ポンコツメイドとはソラリスの事。

ルディがゴブリン一郎の前で鹿肉を左右に揺らすと、ゴブリン一郎の顔も左右に動く。ひょいっと鹿肉を放り投げると、首を伸ばしてパクッと食べて美味しそうに咀嚼《そしゃく》した。

「ギギャー（こんな美味しいお肉初めて）」

「よーく見ると、コイツ、結構可愛《かわい》いです」

そう言って、ルディがゴブリン一郎の頭をなでなですると、彼はもっと肉を寄越せと手に頭を擦りつけてきた。

「ゴブリンを可愛いと言う人を初めて見た」

「ぶさかわいいと言うヤツです。殺すのが惜しくなってきたですよ」

ルディの返答にフランツの顔が引《ひ》き攣《つ》った。

「やっぱり殺すんだ……僕はゴブリンが可哀《かわい》そうに思えてきたよ」

ルディは腹いっぱい肉を与えた後、フランツに頼んでゴブリン一郎を魔法で眠らせた。

そして、縛っていたゴムホースを解いて担ぎ上げた。

「ねえ、そのゴブリンどうするの？」

「んー」

フランツの質問にルディが首を傾げる。

正直な事を話すと教育上問題があると考えて、誤魔化《ごまか》す事にした。

「聞かない方がいいです」

「そ……そう……」

フランツは地下へ向かうルディの後ろ姿を見送りながら、ゴブリン一郎に向けて十字を切った。

ルディはフランツと別れた後、地下の手術室に入り、ゴブリン一郎を手術台に載せる。そして、両手足を手術台に固定した。

「ふふふ、痛くしないから安心しろです」

ノリに乗ってルディが怪しく笑い、指をくねくねさせる。

「まずはししょーの薬が人間以外にも効くかの実験です」

ルディは麻酔薬の入った注射器を腕に刺した後、確認のためにゴブリン一郎の頬をむにっと抓《つね》った。

ルディは、寝ている相手にいたずらをするのが好き。アルフレッド、カールに続いて、ゴブリン一郎が三人目に犠牲者になった。

「では失礼するです」

ルディは最初に血を採取すると、ゴブリン一郎の腕を切ってから、ナオミの薬をかけた。

その結果、傷口から白い泡が立ち、泡をペーパーで拭《ふ》くと傷が綺麗に塞《ふさ》がっていた。

「予想した通り、ししょーの薬は人間、ゴブリン関係ねえけど、対象者にマナがないと効果がないです」

自分とは異なり、薬がゴブリン一郎に効いた事で、ルディが仮説を立てる。

この薬に含まれている師匠のマナ自体に回復の効果はない。そして、回復の仕方から血小板を増やしているわけでもなさそうだ。おそらく相手の体内にあるマナを変化させて、傷を治していると は思うが、生物の自然治癒とは異なった方法だ。

ルディはゴブリン一郎のぷにぷにしたお腹を突《つつ》きながら、マナについて悩む。

「そういえば、マナはウィルスだったです。だとしたら、ししょーのマナが相手のマナのＤＮＡを改ざんしている可能性が考えられるですね。その改ざんされたマナが自身の生存本能に従って、自然治癒とは違うやり方で治療するですか？　火を出したり水を出すぐらいなんだから、マナだったらこれぐらい楽勝だろです」

ルディは再びゴブリンの血液を採取すると、それをドローンに渡した。

「ハル、両方の血液に含まれているマナのＤＮＡを調べろです。おそらく差異があるはずです」

『イエス、マスター』

ルディの命令に、カメラで観察していたハルが返答した。

「じゃあ、次はコイツです」

ルディがマナのワクチンを入れた注射器を取り出す。

「さて、この星の生物に打つのは初めてです、どんな反応するか楽しみですよ」

ルディは「むふふ」と笑って、ゴブリン一郎の腕にワクチンを注射する。

しばらく観察していると、ゴブリン一郎の体がビクンと跳ねた。

「おろ？」

予想外の反応にルディが驚く。

すると、手術台に縛られたゴブリン一郎が暴れ始めた。

「ギャー（痛い）！　ギャー（苦しい）！　ギャー（死んじゃう）！」

『マスター。ゴブリンのバイタル値が低下中、このままでは危険です』

「……これはビックリ。体内のマナが急速に減って、拒絶反応が出やがったです」

突然、麻酔から覚めてゴブリン一郎の瞳孔《どうこう》が開く。

暴れるゴブリン一郎の様子を、ルディはじっくり観察していた。

『このままだと死にますが、どうしますか？』

「治す方法があるですか？」

『ございません』

「なら、諦《あきら》めろです」

ハルと会話している間も、ゴブリン一郎は口から泡を吹いて、激しく暴れ続けていたが、突然ガクッと頭を垂らして動かなくなった。

「死んだですか？」

ルディが頸動脈《けいどうみやく》に触れて確認すると、脈を感じない。どうやら死んだらしい。

「うむ……電気ショック開始です」

ルディの命令にドローンが動き出して、ゴブリン一郎に電気ショックを与えた。

電気ショックを与え続け、４回目でゴブリン一郎が息を吹き返した。

「無事に蘇生《そせい》おめでとうです」

無事ではないと思うが、ルディは生き返ったゴブリン一郎の頭をなでなでする。そして、再びゴブリン一郎の血液を採取した。

「ハル、コイツも検査しとけです」

『イエス、マスター。そのゴブリンはいかがしますか？』

ハルの質問に、ルディはうーんと考えて口を開いた。

「とりあえず、まだ使えそうです。コールドスリープで眠らせておけです」

『イエス、マスター』

ドローンが気絶したゴブリン一郎をベッドに運ぶ。

ルディはそれを見送ってから、そろそろ夕食の準備をしようと手術室を出た。

移動中に地下に入ってきたナオミと遭遇する。彼女の後ろには、カールとニーナが付いてきており、どうやら三人で秘密の話をしようとしているらしかった。

「お、ルディ。丁度呼ぼうとしていたところだ」

「しょー、何か用ですか？」

「うむ。今後の話をしようと思ってな。ルディも話に参加してくれ」

「分かったです」

ルディは頷き返すと、無線通信でソラリスに連絡を入れて、肉切っとけと指示を出した。

地下のリビングに全員が座ると、ルディが全員分のコーヒーを用意した。

「これがコーヒーね」

ニーナがカップを持ち上げてコーヒーの匂いを嗅《か》ぎ、ルディに話し掛ける。

「もう知ってろですか？」

「苦いけど香りが良いってフランツから聞いたわ。確かに良い香りね」

彼女はそう言うと一度カップを戻してから、ガムシロップとミルクを大量に投入した。

「残念です」

ドッキリが失敗してルディが落ち込むと、その様子にナオミたちが笑った。

「それで奈落《ならく》、俺たちに話とは何だ？」

カールがナオミに話を振ると、彼女は気難しい表情をして口を開いた。

「ソラリスから状況を聞いた。ニーナのリハビリは順調で、後2日ぐらいで旅に出ても問題ないらしいな」

「おかげさまでね。本当にルディ君とナオミ、あとソラリスには感謝しているわ」

ニーナはそう言うと、ルディとナオミに頭を下げた。

「うむ。それで、お前たちが旅立つ前に言わなければいけない情報が1つある。カール、ここに来た時に、お前が村長から預かった手紙を覚えているか？」

「覚えているぜ」

「あれはローランドに住む私の知り合いからの手紙だ。その手紙にはローランドが戦争の準備を始めたと書いてあった」

その話に、カールとニーナが驚いた。

「もう次の戦争を始めるのか！」

「前の戦争からまだ3年しか経《た》ってないのに……」

驚く二人とは逆に、この星の世界情勢を知らないルディが首を傾《かし》げた。

それを察したナオミが、ルディに説明をする。

「ローランドという国は、元々中規模程度の領土を持ったどこにでもある普通の国だったんだ。だが、13年前に国王が代替わりすると、周辺の国に戦争を仕掛けて全て勝利し、今では戦争前と比べて10倍の領土を持っている」

「その国王、戦争好きですか？」

ルディの質問にナオミが苦笑いを浮かべる。

「そうだな。この大陸の全てを制覇したいと思うぐらい、戦争が好きなんだと思う」

「強欲な王様です」

「ああ、強欲だ。それで話を戻すが、ローランドが次に狙っている国は、レイングラード、お前たちの国らしい」

それを聞いたカールがため息を吐《つ》き、ニーナは頭を左右に振って現実を拒否した。

「ローランドが次に狙うのは俺たちの国なのは、何となく予想していたよ」

カールが肩を竦《すく》める。

「まあ、戦争の準備と言っても始めたばかりだ。前回の戦争が終結してまだ3年。国内の治安は悪化して、景気もそこまで回復していない。前の戦いで併呑した領土では反乱分子が活動している。宣戦布告まではもう少し時間が掛かるだろう」

「とは言っても、あのローランドだ。必ず戦争は仕掛けてくる」

カールがそう言い返すと、ナオミがその通りだと頷《うなず》いた。

「準備に1年ぐらいと私は見ている。」

「レイングラード、どことも同盟結んでねえですか？」

「数カ国と結んではいるが、それでもローランドには勝てないと思う」

ずっと話を聞いていたルディが話に割り込んで質問すると、カールが答えた。

「何でですか？」

「ローランドは12年前に侵略して併呑《へいどん》した、フロートリアの魔法技術を持っているんだ」

カールに代わって、今度はナオミが質問に答える。ナオミがフロートリアの出身だと知っているカールとニーナが、複雑な表情を浮かべた。

「魔法技術ですか？」

「そうだ。フロートリアという国は魔法産業に優れていた国でね、古代魔法や魔道具も研究していた。そして、その研究していた魔道具の中に、戦争で使う武器も含まれていたんだ」

「どんな武器です？」

「銃という武器だ」

ナオミがそう言うと、ルディに「知っているだろ」と視線を飛ばした。

何、この星。生活レベルは原始時代なのに、もう銃を作ってるのかよ。

銃の存在を知ったルディが目を見張る。

宇宙人のルディからすれば、中世だろうが近代だろうが、宇宙に進出していなければ全て原始時代と同等。

過去の人類史から、この惑星の文明ではまだ銃がないと思っていたのに、存在していると聞いて驚いた。

『ハル、聞いていただろう。この星に銃があるってよ』

『あれが銃ですか？』

ルディが無線でハルに確認すると、疑問の返答がきた。

『お前、知ってたのか？』

『イエス、マスター。この惑星を調査している時に確認しています。恐らくですが、あれは弾丸の代わりに魔法を発射して、火薬でも電気でもなくマナを使用しています』

『マジかよ。マナ、何でもありだな』

『ですから、あれはナオミが使用している杖《つえ》と同類と思っていました』

『なるほどね』

突然無言になったルディの様子を全員が窺《うかが》っていると、ハルとの通信を終えたルディが口を開いた。

「銃の構造、詳しく教えろです」


ルディの質問にカールが頭を左右に振る。

「俺は詳しく知らない。奈落、お前は知ってるか」

「知ってる。あれは命を削る武器だ」

命を削ると聞いて、全員が険しい表情に変わる。

「構造は私が持っている魔法の杖と似ているが、あれはマナを増幅させて遠距離攻撃に特化した魔法を放つ。問題は増強させる方法だ」

「銃が増強させる違うですか？」

首を傾げるルディに、ナオミが頭を左右に振って続きを話した。

「違うな。あれは使用者の生命エネルギーを削ってマナを増やしている。実際に銃を使った人間は、寿命が短くなるらしい」

「意味分かんねーです。そんな武器、誰も使いたくねえですよ」

「だからローランドの兵士の大半は、併呑した国から徴兵した奴隷だ。彼らは命令に従うしかなく、戦争に参加している」


ナオミが話し終えると部屋が静まり返った。

カールとニーナは自分たちの国が征服された後の事を思い、ルディはハルと今の話を確認していた。

『ハル、生命エネルギーって何だ?』

『さあ、分かりません。だけど、寿命が短くなるという事は、細胞の酸化か糖化が増大する何かが発生している可能性があります』

『うーん、だったら酸化かな。体内の酸素が酸化して細胞から電子イオンを発生させ、それがマナを増幅させるとか?』

『いや、糖化の可能性もあります。体内のブドウ糖から分解されるエネルギーを使用して、それがマナを増幅させる。その際に細胞が激しく糖化して、老いを増幅させる可能性もあります』

『両方ともありえそうだけど、確実じゃないなぁ……』

ルディがハルと会話していると、ナオミがカールに話し掛けた。

「カール、ニーナ。戦争が始まったら私も参加する」

その発言に全員が驚き、彼女に注目した。

集まった視線に、彼女が苦笑いして肩を竦めた。

「何も知らないルディはまだしも、お前たちまで驚くとは思わなかった。私とローランドの経緯は知っているだろ」

「そうは言っても、突然言われたら誰だって驚くぞ。それにまだ戦争するかも分からねぇ」

「本当にそう思うか？　ローランドは支配した国を併合したと言うが、内情は過酷な植民地支配だぞ」

「……まあな」

カールもその事は知っており、ナオミの話にため息を吐《つ》いた。

「私は弟子のルディ君が何も知らない事にも驚いたわ」

「僕、女の過去は聞かねーです」

ルディがニーナに向かって言うと、それが可笑《おか》しくて全員が笑った。

「ふふふっ。笑ってごめんね。だけど、ルディ君は良い男ね」

「まあ、私の弟子だからな」

「俺の弟子でもあるぞ」

ニーナの謝罪に、ナオミとカールが自慢げに言って、二人同時に睨《にら》み合った。

「だけど、ナオミ。参戦するならどうせバレるし、今のうちにルディ君に貴女《あなた》の事を話した方がいいわよ」

「……そうだな」

ニーナに諭されて、ナオミが真剣な表情でルディを見つめて口を開いた。

「ルディ。私の本当の名前は、レイラ・ハインライン・ナオミ・アズマイヤ・フロートリア。元フロートリア国の公爵家の娘だ」

ナオミが本名を名乗ると、ルディは驚き、大きく目を見張った。

なお、カールとニーナもナオミがフロートリアの貴族だと知っていたが、まさか公爵家だとまでは知らず驚いていた。

「名前、クソ長《な》げぇです」

ルディはナオミが貴族だろうが王族だろうが関係なく、長い名前にツッコミを入れると、全員が椅子の上で体をズルッと滑らせた。

「そっちにツッコむか……」

「でも師範、名前覚えきれねーです」

カールにルディが答えると、ナオミが苦笑いを浮かべた。

「まあ、私も面倒な名前だとは思っている。ちなみに、最初のレイラが本当の私の名前だ。今使っているナオミは、元々祖母の名前だったのを、生まれた時に受け継いだ」

「じゃあ他は何ですか？」

「ハインラインが祖先の名前、アズマイヤが家名で、フロートリアは国の継承権がある事を意味している」

「という事は、ししょーはフロートリアのお姫さまですか？」

ルディの質問にナオミが頭を左右に振った。

「王太子のフィアンセだったからそう呼ばれていたけど、本当の姫になる前に戦争で国が滅んだ」

「転落な人生です」

「……まあな」

ルディのツッコミにナオミは怒る事なく苦笑して、これまでの自分の過去を語った。

「……つまり、ししょーは、自分の敵討ちでローランドと戦うですか？」

「そうだ。くだらないと思うか？」

ナオミが聞き返すと、ルディが頭を左右に振った。

「くだらない、別に思わねえですよ。法があれば法に従うけど、法がなければ自分でなんとかするしかねぇです」

ルディの返答に、ナオミだけでなく、カールとニーナも頷いた。

「確かにその通りだ。ローランドはこの大陸の秩序という法を犯している」

「そうね。国が法を守らなければ、人も法を守らない。野蛮な世界になってしまうわ」

「僕、ししょー、師範、ニーナを支援するか悩むです。だから、少し待ちやがれです」

ルディはそう言うと席を立ち、どこかに行ってしまった。

「奈落《ならく》、ルディ君はどこに行ったんだ？」

「……さあ、私にも分からん」

カールの質問にナオミも分からず、首を傾げた。

ルディは別室に入ると、電子頭脳でハルとソラリスを呼び出した。

『ハル、ソラリス、話は聞いてたな。俺たちも参戦すべきか否かどうかをＡＩに問う』

『条件付きで賛成です』

『反対でございます』

ルディの問いかけに、ハルとソラリスの意見が分かれた。

『まずはソラリス。反対の意見を聞こう』

『ルディの参戦は無意味です。惑星ナイアトロン２９３Ｄの文明レベルでは、私たちが本気を出せば、この星の全戦力を相手にしても確実に勝利するでしょう。なので、ローランドがこの森に侵攻してこない限り、存在を隠すというルディの方針を第一優先とするならば、参戦するべきではございません』

ソラリスの反対理由を聞いて、ルディが頷く。

『確かにその通りだ。次、ハル。条件付きでの賛成の意見を述べろ』

『イエス、マスター。ローランドとレイングラードの国力差は推定で約8倍。ナオミが参戦しても、レイングラードが勝利する可能性は10％を切ります。これまでのナオミの行動を観察する限り、彼女は復讐《ふくしゅう》のためなら自分の命を捨てる思想が見受けられ、彼女が死亡する確率は50％前後でしょう。彼女の意見はマナの調査で大いに参考になります。利用価値を考えれば彼女は生かすべきと判断しました。ただし、我々が参戦した場合、ソラリスの言う通り、こちらの存在が見つかる確率は71％あります。そこで、ナイキの戦力を使わない事を条件に賛成です』

『……ふむ。縛りプレイな感じか？』

ルディがゲームの仕様よりも難易度を高めるプレイをイメージする。

『禁止する兵器は、宇宙からの対地ビーム、ロボット兵器、対人タレットなどが挙げられます』

『……じゃあ、ドローンによる偵察、俺自身の参戦、ソラリスの参戦は？』

『許可。ただし、ソラリスはアンドロイドだと発覚する可能性があるため、表立って行動するのは不許可』

『それだけの戦力で、俺が死ぬとは思わないのか？』

そう言ってルディが笑う。

『無人偵察するだけで、こちらの勝利は60％を超えると想定。そして、ナオミの話では開戦まで1年の猶予があります。それまでにマスターの体がマナを蓄え、ナオミの回復薬を使用した場合、マスターの生存確率は95％以上になります。それと、カールに通信装置を提供する事を提案します』

『……無人偵察をしても、それを上手《うま》く利用できる人材が必要か』

『イエス、マスター。カールの戦術家としての数値は未知数ですが、マスターはレイングラード軍から見ればよそ者です。なので、彼の方が情報を上手く利用できるでしょう』

『師範がスマートフォンを見せびらかして、こちらの正体が怪しまれそうだな』

『その可能性は大いにありますが、その時はこちらで彼の体内の爆弾を起動させます』

ハルの返答にルディが頷《うなず》いた。

『分かった。今回はハルの意見を採用しよう』

『イエス、マスター』

『分かりました』

ルディは通信を終えると、倉庫から未使用のスマートフォンを持ち出した。

「僕も協力する事にしたです」

ルディがナオミたちのもとに戻ってくるなり宣言すると、ナオミが頭を左右に振った。

「私はお前を戦争に参加させるつもりはないぞ」

「じゃあ、なんで話したですか？」

「私が戦争に行っている間、この家の留守を頼むためだ」

「僕、居なくてもこの家、誰も盗めやしねえです」

ルディの言う通り、ナオミの家はハルが管理しているので、セキュリティは万全だった。

「それに、いつまでも森に籠《こも》っている、それも人としてどうかと思うのです」

ルディがそう言うと、カールとニーナがナオミに視線を向けて頷いた。

二人は短い居候期間の間、ナオミが自室に籠ってばかりいるのを心配していた。

視線の意味に気づいて、ナオミが顔を赤くした。

「わ、私の事は別にいいだろ！　それよりルディ、私はお前に人殺しはさせたくない」

「そんな事、気にしねぇでいいですよ。既に何人も殺してるです」

実際にルディは、宇宙で運送業をしていた頃、何度も宙賊と呼ばれる窃盗団に襲撃されていた。

その都度、船を撃ち落としたり自らの手で殺していたから、人殺しの経験は済んでいる。

この話はナオミにも話してなかったので、彼女は驚いていた。

「そうなのか？」

「そうなのです」

ルディはナオミに答えると、手に持っていたスマートフォンをカールに見せた。

「コイツを師範とニーナに貸してやろうです」

「……それは何だ？」

「ちょいと設定するから説明待てです。という事でハイ、チーズ」

「うわっ！」

ルディがスマートフォンで顔認証用の写真を撮ると、突然のフラッシュにカールが仰《の》け反《ぞ》り、横に座っているニーナも驚いていた。

「変顔だけど、男だから気にするなです……パスワードは５０６４８６《カール師範》にするです」

「一体、今のは何だったんだ？」

「すぐに分かる。あれは便利だぞ」

カールの呟《つぶや》きに、同じ経験をしたナオミが笑いを堪《こら》えていた。

「残念だけど、師範とニーナは制限付きの機能です。電話、カメラ、メール、時間、マップ以外はアウトです」

ルディはポチポチとスマートフォンを操作して設定を終わらせると、カールとニーナに、スマートフォンの説明を始めた。

ルディの説明が終わると、カールよりもニーナの食いつきが凄《すご》かった。

「あの本《ファッション誌》の絵はこのカメラで撮ったのね！」

「あれはプロ用のカメラで撮ったから、解像度ちゃうですよ」

「電話があれば、いつでもナオミと話せるのも便利ね」

「時間帯を考えて電話しねーと、マジ迷惑です」

「もちろん、寝る前は電話じゃなくてメールをするわ」

ニーナとルディの会話を聞いたナオミは、もしかしてニーナは毎晩自分にメールを送るのかと、若干顔が引《ひ》き攣《つ》った。

「この地図というのは、どんな機能なんだ?」

カールが質問する横で、スマートフォンを弄《いじ》っていたニーナがマップのアプリを起動する。

画面にナオミの家を中心とした、衛星写真の地図が表示された。

「……もしかして、これは現在地を表示しているのか?」

「リアルタイムちゃうて、5分毎の更新です」

カールの質問に、ルディがカーソル移動と拡大、縮小を教える。

「……こんな物があったら、敵の居場所が丸分かりじゃねえか」

「それが目的です」

「偵察を出す必要がなく、相手の居場所が分かる。それだけで戦力差をひっくり返せるぜ……」

カールが引き攣った笑みを浮かべている間、ニーナが星全体が表示されるまで地図を拡大させて首を傾《かし》げた。

「ルディ君。もしかして……世界ってボールみたいに丸いのかしら?」

その呟きに、ルディはまた万有引力について説明するのかと、軽くため息を吐《つ》いた。

「なるほど……ルーン教の信者が聞いたら自我を失うな」

ルディの説明を聞いたカールがため息を吐き、ぼそっと呟いた。

「ルーン教ですか？」

「この世界で広まってる宗教だ。彼らはこの世界は神が作って、世界は平面だと唱えている」

カールの代わりにナオミが説明すると、ルディは呆《あき》れた様子で肩を竦《すく》めた。

「宗教、信じる信じぬ勝手ですが、嘘《うそ》を広める迷惑です」

宇宙でも宗教は存在しているが、ルディは神の存在を信じていない。

ローランドはルーン教を国教としているので、ナオミは敵対している。

カールとニーナも、神をあまり信じていなかった。

「まあ、そうかもな。ところで、ルディ君。コイツの出処《でどころ》を問われたら、遺跡から見つけたという事にしていいか？」

カールの質問にルディが頭を左右に振った。

「コイツ、秘密です。もし、コレの存在喋《しゃべ》ったら、師範の心臓吹っ飛ばすですよ」

「もちろん広めるつもりはない。だけど、ラインハルト陛下にだけは教えたいんだ」

「そいつ誰ですか？」

「レイングラードの王様だ」

何故《なぜ》カールが王様と知り合いなのか分からず、ルディが首を傾げた。

「もしかして、師範、国王と友達ですか？」

「いや、双子の兄だ」

ルディの質問にカールが気恥ずかしそうに答え、ルディが目をしばたたいた。

「驚いたです。師範も王族ですか？」

「いや、双子の王子ってのは色々と揉《も》めるから、俺は生まれた時に他家に預けられて継承権は持ってないぜ」

「だから冒険者？　どんなヒデェ家に預けられたですか？」

「育ての親はレイングラードの大将軍様だ。親父《おやじ》は厳しかったけど良い家だよ。だけど、俺が偉い地位に就いちまうと、災いの元になるから若い頃に家から飛び出した。ちなみにニーナも元貴族……いや、今も貴族か。ニーナとは幼馴染《おさななじみ》でね、俺が家出したら付いてきちまった。これは息子たちにはまだ話してないから秘密だぜ」

そう言ってカールがウィンクすると、ニーナが微笑《ほほえ》んだ。

「だって、家出する時のカールって、楽しそうだったんだもん」

「へんな夫婦だと思っていたけど、やっぱり変でした」

そうルディが評価すると、二人揃《そろ》って笑った。

「つまり、師範の兄が王様で、その人にスマートフォン、教えるですか？」

「そうだ。恐らくローランドの事を知れば、国の中で開戦派と降伏派に分かれるだろう。だから、その前にコイツの事をラインハルトと親父に話す。そうすれば、二人は降伏派の意見を無視して開戦するはずだ」

カールがスマートフォンを軽く振りながら、理由を語った。

「ししょー、その王様の人となり知ってろですか？」

ルディは兄弟に聞くよりも他人の評価が知りたくて、ラインハルト国王の人柄をナオミに尋ねた。

「王様にしてはマシな方だぞ。善政をしいてるし、反対勢力を抑えられているから謀略も及第点だな。あと10年もすれば賢王と呼ばれるだろう」

「税金はどうですか？」

その質問に、ナオミが笑った。

「お前は相変わらずそこに拘《こだわ》るんだな。私は税金まで知らないよ。カールに聞け」

「他国と比較して、少しだけ安いとは思うぞ」

「なら、良い王様です」

ルディが満足げに頷いていると、カールが話を続けた。

「それに、戦争が始まったら俺も参戦するが、おそらく俺が任されるのは中部隊の隊長辺りだろう。それだったら、俺よりも全体の指揮を執る親父に持たせた方が、よっぽど有効活用してくれるぜ」

「…………」

ナオミの評価とカールの話を聞いて、ルディが考える。

師範の考えはもっともな話だな。それに言っている事も筋が通っている。コイツを遺跡からの発掘品にすれば、俺の存在までたどり着くのは難しいだろう。だったら、もっと渡しても構わないか……。

「分かったです。その王様とカールの父親に喋るの許可してやるです。ついでに、スマートフォンも必要な数だけ用意してやるから、それで連絡を取りやがれです」

「本当か？　そいつは助かる！」

「ただし！　これの説明する時、遺跡からの発掘品にして、僕の事内緒ですよ」

「もちろんだ」

ルディの条件にカールとニーナは当然だと頷いた。

「ルディ、いいのか？」

ルディの正体が発覚することを危惧《きぐ》して、ナオミが問いかける。

心配するナオミにルディが肩を竦めた。

「やるからには勝つですよ。向こうが銃の火力で勝負するなら、こっちは情報で攻撃です」

こうして、1年後の戦争についての話し合いが終わり、ルディは「1年後の戦争よりも今晩の晩飯です」と言って、さっさと夕ご飯を作りに行った。

「ねえ、ナオミ。ルディ君っていったい何者？」

ルディが去った後、ニーナがナオミに質問してきた。

「その質問には答えられない」

そうナオミが答えると、カールがニーナの肩に手を置いた。

「ルディ君が何者でも、別にいいじゃないか。俺の勘だが、ルディ君は自分の事を調べられるのを何よりも嫌がっている。だけど、彼はこの地下でお前を治して、さらに魔道具を提供した事で、少しだけ正体を明かした」

「……そうね」

「多分、本当は嫌だったんだと思う。だから、俺たちがルディ君にできる事は、彼の事を他人に知られないようにする努力をする事だ。そうだろ？」

そう言ってカールがナオミに視線を向けると、彼女はその通りだと頷いた。

ルディが1階に戻ると、ソラリス指示の下、ドミニクたちが鹿肉の下ごしらえをしていた。ドミニクが肉を叩《たた》いて柔らかくして、ションが一口大に肉を切る。フランツはソラリスと一緒に、わかめスープを作っていた。

「僕、出番なさそうです」

キッチンの様子にルディが呟くと、ソラリスが話し掛けてきた。

「今晩は焼肉という事でしたので、もう少しで準備が整います」

「ドミニクたちも手伝いありがとうです」

「気にするな。俺たちはタダで泊まらせてもらっているんだから、この程度の仕事は当たり前さ」

ドミニクが肉を叩く手を止めて、ルディに笑った。

怪しまれるからドローンは使えず、ニーナのリハビリと裁縫で忙しいソラリスの代わりに、カールの息子三人は、洗濯、掃除、雑用を手伝っていた。

その事にルディは感謝していたけど、忘れてはいけない。本当だったら、炊事洗濯掃除はナオミの弟子であるルディの仕事だ。

「あっ、ご飯は炊いてあるですか?」

ふと気になってルディが質問すると、ソラリスが首を傾げた。

「ご飯? 焼肉でご飯を出したら、米でお腹《なか》が膨らんで、肉が食べられなくなりますよ?」

その返答にルディがソラリスを睨《にら》んだ。

「お前は何を言っているのですか? 熱々の肉とご飯を一緒に食べるのが、焼肉の醍醐味《だいごみ》だと何故分からぬのですか！」

「美味《おい》しい肉なら、肉だけを食べればいいかと思われます」

ソラリスの反論にルディが肩を竦めて、やれやれと呟く。

「これだから味覚音痴は駄目なのです。贅沢《ぜいたく》とはタンパク質と炭水化物、それを一緒に食べる事。これこそ至宝なのです」

「それではビタミンが不足になります」

「焼肉の時は健康なんて忘れろです」

ルディの熱弁にソラリスの眉間《みけん》にシワが寄った。

「申し訳ございませんが、ルディの言っている事は理解不能でございます」

「ソラリスさん、大丈夫だ。横で聞いていたけど、俺も理解できん」

「俺もだ」

「炭水化物って何だろう？」

ソラリスに続いて、ションとドミニクが彼女に同意し、フランツは栄養価について首を傾げていた。

「だったら、後で食べて驚きやがれです！」

ルディはそう言うと、ドミニクとションを押しのけて、米を炊き始めた。

夕食の準備ができると、全員がテラスに集まって3台の七輪を囲った。

「やっと柔らかい飯ともお別れか」

「あれはあれで美味《うま》かったけど、やっぱり硬いのを噛《か》んだ方が食いごたえがあるよな」

ドミニクとションが、ニーナに合わせて一緒に食べていたおかゆについて語っていると、ルディが会話に加わってきた。

「病人の前で焼肉食うとか、最低の罰ゲームですよ」

「俺も母さんに何度か飯抜きにされたから、ソイツはすげー分かるぜ」

「それはお前が魔法をいたずらに使ったからだろ」

ションの冗談にドミニクがツッコむと、三人が同時に笑った。

「それでルディ、父さんの剣はどうだった？」

ドミニクの質問を、ルディが嬉《うれ》しそうに笑った。

「強《つえ》ぇかったです。いっぱい習って今日の朝、やっと合格貰《もら》ったです」

「マジ？」

ルディの返答にドミニクが驚いて目を見張る。

「魔法抵抗とはざーん《覇斬》はできねえけど、それ以外はマジですよ」

「ルディ、本当に人間か？　親父の指導は結構厳しい事で有名なんだぜ」

ションがそう言うと、ルディが首を傾げた。

「そーなんですか？」

「兄貴だってガキの頃から教わって、1年前にやっと合格を貰ったばかりだし」

そう言ってションがドミニクに振り向くと、彼は言葉を失って夜空を見上げていた。

「これが……嫉妬《しっと》ってヤツかぁ」

「兄貴、落ち込むなよ」

会話だけだと悲観している感じだが、二人の顔は笑っており、ルディは冗談だと分かった。

「まあ、これでルディは俺の弟弟子だな」

「おー、兄者ーです」

ドミニクがルディの頭を撫《な》でてニヤリと笑う。ルディも満更ではない様子で笑顔を返した。

「え――兄貴だけズリいな。俺もルディから兄とかで呼ばれてえ」

「じゃあ、ションの兄貴って呼ぶです」

「いいね。なんか可愛《かわい》い子分ができた感じだ」

ルディから兄貴と呼ばれて、ションがサムズアップを返した。


七輪を囲んで、各々が鹿の焼肉を口にする。

「カルビうめぇ……で、コイツはどこの部位だ?」

「バラ肉です」

「この肉も柔らかくて美味いな」

「ハラミですね。横隔膜の筋肉でございます」

「私はこのヒレ肉が美味しいわ」

「うむ。赤身部分だけど柔らかい」

「兄さんが叩いて柔らかくしたんだよ」

「くはぁ……久しぶりのビール、最高だ!」

味見をしたルディとフランツ以外、初めて食べる熟成肉に舌鼓を打っていた。全員の感想は、焼肉最高！

なお、カールは肉と一緒に久々に飲む事を許されたビールを、がぶ飲みしている。

「この星の肉は、お前の持ってきた肉と違って硬いと思っていたけど、熟成肉は柔らかくて美味しいな」

「酵素パワーでアミノ酸とペプチド増加、肉の味と香りが良くなるです」

ナオミからこっそり話し掛けられて、ルディが小声で返答する。

「なるほどね」

勉強熱心なナオミはそれを聞いただけで、ルディの話を理解して頷《うなず》く。明日、スマートフォンでさらに詳しく調べようと思った。

「ルディ、この熟成肉っての俺たちも作っていいか？」

「別に構わねえです」

ションのお願いをルディが許可する。

この惑星では、まだ特許の概念は存在していない。ルディはションが承諾を取ろうとしてくるだけでも、まだ良心的だと思った。

「だけどション兄さん、作れるの？」

ナオミが熟成蔵を作った時、フランツは大胆だけど繊細な魔法だと思った。そこでションに同じ物が作れるのかと質問した。

「奈落《ならく》様の魔法を見たから作り方は覚えたぜ。ちょっとだけルーン教に触れるヤバイ部分はあるけど、そこは手作業で何とかなるし。後は魔力だけど、フランツ、お前も協力しろ」

「うん、分かった」

熟成蔵を作る時、ナオミは魔法で土を盛り上げて蔵を作った。

だが、ルーン教では直接大地からマナを吸い取る事が禁止されている。

そこでションは、熟成蔵の壁を手作業で作ろうと考えていた。

「ション、偉いぞ！」

「本当よ！　この家を離れる事で一番残念なのって、ルディ君の作る料理が食べられなくなる事だもの。お肉だけでも同じのを食べられるようになればありがたいわ」

今の話を聞いていたカールとニーナが喜ぶ。

両親に褒められて、ションとフランツが笑ってハイタッチをした。

「おめえら、米食えです」

皆が各々焼肉を食べていると、ルディがキッチンからおひつごとご飯を持ってきた。

「俺は酒があるから遠慮する」

「私も肉だけで十分だ」

カールとナオミの返答を皮切りに、味があまりしない米よりも、もっと肉を食べたいと全員が遠慮する。

「だから私は不要だと言いました」

無表情を装っているが若干ドヤ顔のソラリスに、ルディがむくれた。

「米と肉汁のハーモニーを知らねえとは、全員贅沢を分かってねえです」

ルディは深くため息を吐《つ》くと、自分の分だけのご飯をよそって焼肉と一緒に食べ始めた。

「……最高です。やっぱり焼肉には米ですよ」

幸せそうにルディががつがつご飯を食べる。

それに触発されてドミニクが自分も試しにと、ご飯の上に焼肉を載せて食べてみた。

「………」

「兄貴、感想は？」

「………」

ションが質問してもドミニクは答えず、ルディと同じように無言で焼肉とご飯を一緒にがつがつ食べていた。

その行動を見て、ションはドミニクの考えを察した。

「あ、さては美味いんだな！」

「バレたか」

ドミニクがあっさり白状すると、ションとフランツもソラリスからご飯を貰って食べ始めた。

「本当だ、美味しい」

「なんだこれ、マジで美味《うめ》え！」

フランツが美味しそうに食べている横で、ションが「美味い、美味い」と言いながらがつがつ食べていた。

「確かに美味しそうだけど、私はお肉だけでいいわ」

「私も太りそうだから遠慮しよう」

「俺は米の代わりに酒で十分だ」

ニーナ、ナオミ、カールの三人が遠慮すると、ルディが彼らをチラリと見てポツリと呟《つぶや》いた。

「……若くねえです」

三人が軽くショックを受けていた。

「ソラリス。言った通り、焼肉とご飯は至宝の組み合わせです」

夢中でご飯を食べるドミニクたちの様子に、ルディは満足げな表情を浮かべてソラリスにドヤ？と視線を向けた。

「興味ございません」

彼女は本当にどうでもいいといった様子で答えていたが、ほんの少しだけむくれた表情を浮かべていた。


ニーナが完治してから2日後。カール一家との別れの朝が来た。

2日の間に、カールたちは依頼されていたミツメモリキツネの血液を入手していた。

一方、ニーナは病み上がりだったので依頼には参加せず、ソラリスと一緒に家族の服をせっせと作っていた。

危険な魔物が多く潜む魔の森を抜けるには数日掛かる。

ルディはキャンプ道具を持たずにサバイバルさせるのは忍びないと、餞別《せんべつ》に旅に必要な食料と道具を彼らに渡した。

熟成肉を含む日持ちのする食料、虫は入らないけど風通しの良いテント、コンパクトにしまえる鍋と食器を受け取ったカールたちは、便利な道具に驚きつつも、ルディに感謝して、何度も礼を言った。

カールの家族を見送りに、ルディとナオミが玄関の外に出る。

「本当にありがとう。こうして生きて家族みんなでまた旅に出られるのは、ナオミたちのおかげよ」

ニーナが大きく腕を広げて、ナオミとルディを抱きしめる。

今の彼女の服装は、ファッション誌を参考にしてソラリスが作った、露出のないシンプルだけど上品で温かみのある、旅人向けの格好をしていた。

この惑星では珍しい格好だった。だが、ニーナの洗練されたファッションセンスは間違いがなく、おそらく彼女が町を歩けば、多くの女性たちから素敵だと囁《ささや》かれて注目されるだろう。

「今生の別れじゃない。また会おう」

「もう無茶な我慢するなです」

「それに、アレ《スマートフォン》もあるしね。暇な時に連絡するわ」

ニーナは目頭の涙を拭《ふ》いて頷くと、子供たちに聞こえないように、こっそりと小声で囁いた。

「毎晩は勘弁してくれ」

「あら、残念」

ナオミが苦笑して肩を竦《すく》める。ニーナは笑って離れ、ソラリスにもお礼を言っていた。

「ルディ、また会おうな」

「元気でいろよ」

「兄者にションの兄貴も元気でいろです」

ドミニクとションの差し出した手を、ルディががっちり握手する。

「奈落様、色々とお世話になりました」

「うむ。お前たちも元気でな」

ドミニクがナオミに頭を下げている横では、ションがチラチラとソラリスの様子を窺《うかが》っていた。

ションはソラリスに告白したかったが、彼女は服の作製とニーナのリハビリに忙しく、告白のタイミングがなかった。

さすがに家族の前で告白するのは精神的にシンドイ。そこまでチャレンジ精神のない彼は、今回は諦《あきら》めて、次に会った時に告白しようと決めていた。

「ルディ君、母さんを助けてくれてありがとう」

「フランツが頭を下げたから助けたです。いつまでも親は大事にしやがれですよ」

「うん！　ところで、ゴブリン一郎君はどうなったの？」

フランツは頷いてから、そういえばと、一緒に捕まえたゴブリン一郎について尋ねた。

「アイツはぐっすり寝てやがるです」

実際は体内のマナを死滅させられて、強制的にコールドスリープに入れられているのだが、それは秘密。

「あんまり虐《いじ》めたら駄目だよ」

「そんなつもりは最初からねえですよ」

ルディはゴブリン一郎を虐めるつもりなど微塵《みじん》もない。ただ実験の安全を保証しなかっただけ。

「また会おうね」

「もちろんです」

フランツはルディと握手をすると後ろに下がった。

「ルディ君、君には本当に世話になった。そして、多分1年後も世話になると思う」

「ししょー、戦争行く言うから仕方ねえです」

ルディが肩を竦めると、カールが屈《かが》んでルディにだけ聞こえるように小声で囁いた。

「今の奈落は落ち着いているように見えるが、彼女は復讐《ふくしゅう》に囚《とら》われている。俺やニーナではアイツを救う事ができなかったけど、君ならできると思っている。できれば救ってやって欲しい」

カールの話にルディは目をしばたたかせると、大きく頷いた。

「安心しろです。僕とししょー友達だから、ししょーの復讐手伝うですよ」

……あれ？　何か違うぞ。

ナオミの復讐を止めてくれると思いきや、反対に復讐を手伝うと宣言されて、カールが顔を引《ひ》き攣《つ》らせる。

「いや、そうじゃなくてな……」

「僕とししょー、一緒ならローランド？　何人束で掛かってこようがクソ雑魚《ざこ》です。カールの国、おまけで守ってやるです」

「え、あ……うん。それを言われると何とも言えねぇ……」

決心しているルディとは逆に、カールは戸惑いを隠しきれず、引き攣った顔をヒクヒクさせていた。

「奈落、本当に世話になった。この恩は一生忘れない」

「私はただニーナに恩を返したかっただけだ。気にするな」

ナオミが笑みを浮かべる。

「それと戦争への参戦も感謝する。国王もきっと喜ぶだろう」

「相手がローランドだから戦うだけだ。レイングラードを守るのはついでだよ」

「ついででも構わない。お前が居るだけで相手はビビる」

「余計な敵を増やしたかもしれんぞ」

「増えたところで、こちらにはアレ《スマートフォン》がある。どんな軍隊でも居場所が分かってれば、何とでもなるさ」

カールはそう言うと、ルディから提供されたスマートフォンを入れた胸ポケットを叩《たた》いた。

「そろそろ時間だ。達者でいろよ」

「お前もな。それとルディ君」

「なーに？」

「指導中は一度も見せてくれなかったが、高速で動くアレは凄《すご》かったぞ」

ルディが驚いて目を見開く。

カールはエアロバイクに乗っていた時に一度だけ見た、ルディの高速移動を覚えていたらしい。

「もし覇斬ができるようになったら、アレと組み合わせてみろ。きっと凄い技になるかもな」

カールのアドバイスにルディが頭を下げた。

「師範、ありがとうです」

カールは頭を下げたルディに微笑《ほほえ》むと、踵《きびす》を返して家族と一緒に森に向かって歩き始める。

これから彼らは、森の入り口の村へは立ち寄らず、大きく迂回《うかい》して自分たちの国へ戻る予定だった。

カールの家族は何度も振り返り、ルディたちに手を振る。

ルディとナオミは、彼らが森の中へ消えるまで、いつまでも見送っていた。


「これで静かになるな」

「少し寂しい気持ちあるです」

ルディの返答に、ナオミが振り向いて笑みを浮かべた。

「……まあな。でも、私はお前が居るから、寂しいのが辛《つら》くないぞ」

「僕もです！」

ルディはナオミに笑い返すと家の中へと入った。

閑話1　ワクチン開発の功労者

カールたちがナオミの家を去ってから、数日が過ぎた。

ナオミは相変わらず自室に籠《こも》って、スマートフォン片手にお勉強。

今は力学に興味があるらしく、昨日の夕食時に彼女からダークマターについて質問された時、

「この人は一体何処《どこ》へ向かっているのだろう」とルディは思った。

なお、ルディもダークマター関連は、ニュートリノかアキシオンぐらいしか知らず、彼女の質問に全て答える事ができなかった。

それでもナオミは満足して礼を言っていた。

ナオミが勉強に励む一方、ルディはゴブリン一郎と協力して、マナの研究を進めていた。

そのゴブリン一郎は、コールドスリープから目覚めると、マナのワクチンで死んだ時の記憶を失《な》くしていた。

そして、数日は普通に過ごしていたのだが、次第に体内のマナが消失していき、1週間で全てのマナを失った。

ナオミの話によると、ゴブリンは体内のマナを消費して、体力と力の強化するらしい。

なので、ゴブリン一郎はルディよりも小柄な体格なのに、力と体力は人間の大人と同等だった。

だが、マナを失って体力と力が小学生の子供なみに減少する。

それに気づいたゴブリン一郎は、しばらくの間ショックでシクシク泣いていた。

「一郎、実験の時間です」

「ギギャー（またかいな）」

今日も今日とて、開発途中のマナ回復薬を持ってきたルディが声を掛ける。それをゴブリン一郎が慣れた様子で彼を迎えた。

「美味《おい》しい肉、食わせてやるから、コイツをとっとと飲みやがれです」

「ギギャギャーギャ（コレ味しねえんだよな）」

ルディがカプセル錠剤と水の入ったコップを渡すと、ゴブリン一郎がマナ回復薬の入ったカプセルを水と一緒に飲み込んだ。

「……飲んだ直後は異常なしですね。身体能力のチェックしに行くです」

ルディはゴブリン一郎を観察した後、彼を外に連れ出して一緒にジョギングを始める。次に地下のトレーニングルームへ行き、一通り運動させて能力を確認した。

これは、ゴブリンがマナを身体能力上昇に使っているとナオミから聞いた、ルディの確認方法だった。

「能力値に変化なし、前の強さは戻ってねぇです。今回も失敗、がっくりです」

「ギィ。ギャギャギャ（ふう。いい運動だったぜ）」

落ち込むルディとは逆に、ゴブリン一郎は汗を拭《ぬぐ》い、爽《さわ》やかな笑顔（ゴブリン比）を浮かべていた。

「それじゃ、風呂《ふろ》入ってこいです。その間にお前の飯作ってくるです」

「ギャギャ、ギー（いつものアレか、行ってくるぜ）」

言葉は通じない。だが、ここ数日は同じサイクルだったので、ゴブリン一郎もやる事は分かっている。彼は素直に風呂に入ると体を綺麗《きれい》にした。

「ギャギギャ（いい風呂だったぜ）」

ゴブリン一郎がパンツ一枚の格好で風呂から出てくる。

ルディが作った牛丼改め、鹿丼とおしんこ、それとジョッキ大のビールが彼を待っていた。

「ギャ？　ギャーギャー（お？　今日は鹿肉の煮込み飯だな）」

これまた慣れた様子でゴブリン一郎は椅子に座ると、器用に箸《はし》を使って鹿丼をかっ喰らい、ビールをゴクリと飲んだ。

「ギャー、ギャギャ（カーッ、この一杯が最高だぜ）」

気持ちよくビールを飲んで、鹿丼をかっ喰らうゴブリン一郎。

野良のゴブリンとしていつ死ぬか分からぬ生活を送っていた彼は、今の生活に満足していた。

鹿丼に入れていた睡眠薬とアルコールの合体技でゴブリン一郎が眠りに就く。ルディはゴブリン一郎を地下の寝室に運ぶと、寝ている間に採血をしてから研究室に入った。

『ハル、血液の解析を頼む』

『イエス、マスター』

ドローンがルディからゴブリン一郎の血液を受け取って、奥の部屋へと消える。ルディはコンソールを操作して、ディスプレイにゴブリン一郎のマナの情報を表示させた。

「……やはり、変化はねーです」

次々と表示されるデータを確認して、ルディがため息を吐《つ》いた。

「そもそもマナ殺すワクチン、強力すぎるです」

両手を頭の後ろで組んで、背もたれに身を預ける。

「なぁ、ハル。あのワクチンってどうやって作ったですか？」

『ワクチンの元は26年前に、別の惑星で流行したウィルス性発熱病用のワクチンです。その星で流行したウィルスと、この星のマナが類似していたので手を加えて作製しました』

おそらく、その星のウィルスはマナと異なり、人体に害しかなかったから完全に死滅させるワクチンを作ったのだろう。

そうでなければ、ハルのデータベースに情報があり、ルディにも報告されているはずだった。

「……そのワクチンを打った人間は、僕と同じように身体能力が上昇しやすくなったですか？」

『いいえ。そのようなデータは存在しておりません』

ふと気になって質問した返答に、ルディが「おや？」と首を傾《かし》げた。

もしかして、ワクチンの副作用って、マナが関係してるのか？

ルディはそう思い付くと、背もたれからガバッと起き上がってコンソールを操作する。そして、もう一度ゴブリン一郎のデータを確認した。

「……薬打つ前と比較してたから分からなかったですが、数日前と比べて、少しずつ身体能力が上がっているです……こいつはひょっとこ、違う、ひょっとしてワクチン、マナ殺さずに吸収してるですよ……」

『……私の方でも確認しました。確かにマスターの仰る通りです』

「何故、僕の副作用が発覚した時に、気付かなかったです」

『前例がないため、マナとの関連はチェック除外対象でした』

ハルの返答にルディが顔をしかめる。

人間と違ってAIでは、予期せぬパターンを想定するには限界があった。それ故、ルディもハルを強く責めなかった。

「分かった。とりあえず問題はワクチン側だと判明したです。至急、ワクチンのデータを確認するです」

『イエス、マスター』

それから数日間、ルディとハルはワクチンのデータを調べて、改良型のワクチンを開発した。


「一郎、起きろです」

「ギャギャギャ（今日はご機嫌だな）」

部屋に入ってきたルディを、寝っ転がったゴブリン一郎が鼻をほじりながら出迎えた。

「研究に忙しくて、あまり構ってやれなかったから拗《す》ねてるですか？　可愛《かわい》いヤツです」

ルディがゴブリン一郎の頭を撫《な》で回す。

「ギャ、ギャギー（うぜえ、撫でるな）」

言葉が通じず会話が成り立っていないが、いつもの事だからお互い気にしない。

「一郎、今日は特別な薬ですよ。もしかしたら、これでお前のマナも回復するです」

「ギャギャー（また、それか。痛くするなよ）」

ルディの出した改良型のワクチンの入った注射器を見て、ゴブリン一郎がしぶしぶと腕を出す。

「すぐに終わるですよ……はい、プスッとなです。痛いの痛いの、飛びやがれ～」

ルディはゴブリン一郎の腕に注射をすると、よく我慢したともう一度頭を撫でた。

「ギャ、ギャギー（だから、撫でるな）」


注射をしてから1週間が経過して、ゴブリン一郎に変化の兆しが見え始めた。

「どうやら順調にマナが増えてるですよ」

「ふむ……どうやらそうみたいだな」

研究室でゴブリン一郎のデータを見ていたルディが呟《つぶや》くと、今日は久しぶりに見学しに来たナオミが、ルディの背後でディスプレイの数値を見ながら頷《うなず》いた。

ナオミは僅《わず》か数カ月間で、銀河帝国の言語を完璧《かんぺき》に覚えており、難しい文字すらも理解できていた。

ルディはそれを聞いた時、やっぱりこの人は天才だと思った。

「しかし、あれだな。最初に汚いゴブリンを拾って来た時は、宇宙人の美的センスを疑ったが、ここまで成果が出るとは思わなかったぞ」

「一郎、結構綺麗好きですよ。それに、思っていたよりもお利口です」

「それが信じられん」

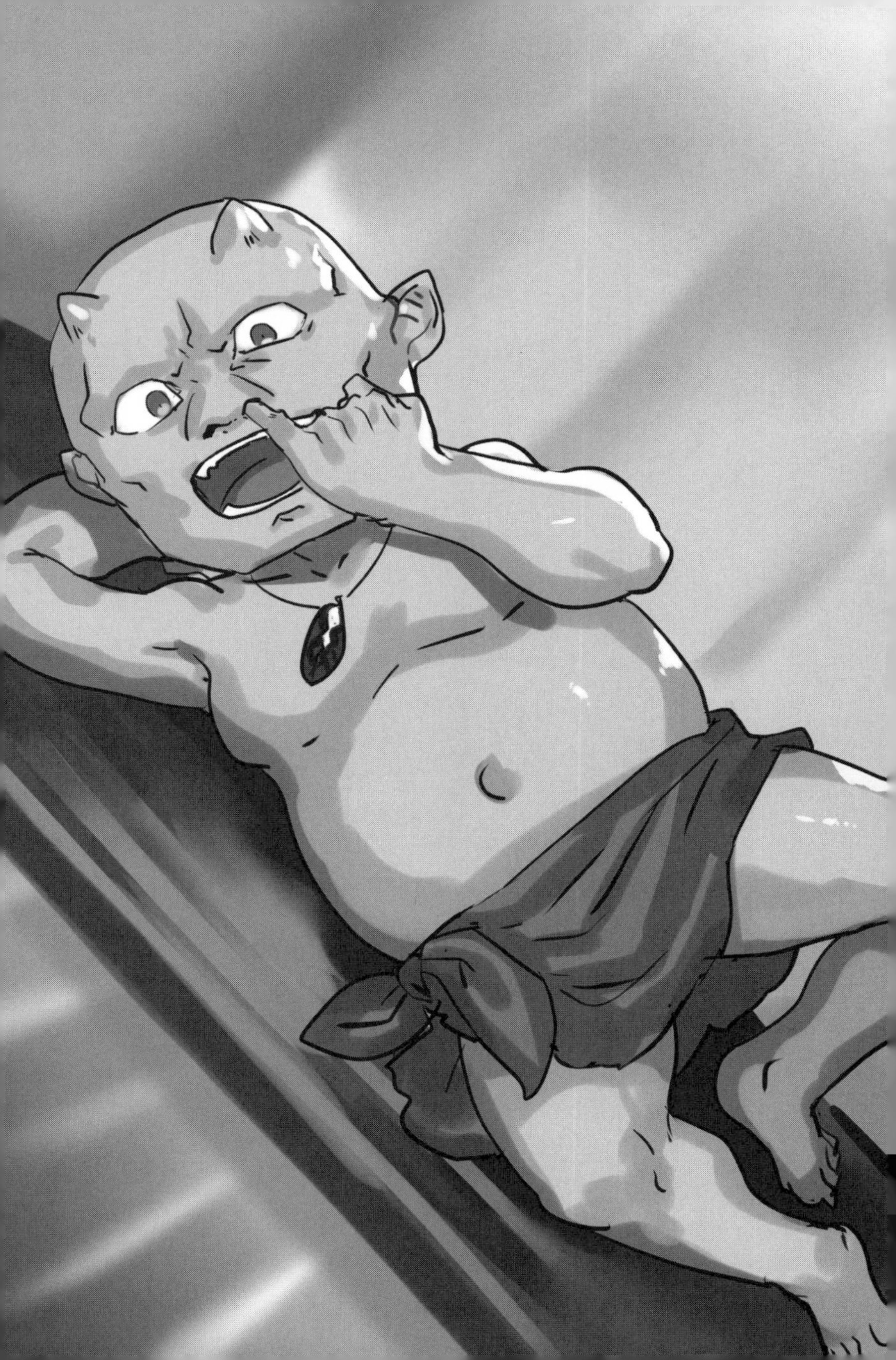

ルディの返答にナオミが腕を組んで唸《うな》る。

ナオミのゴブリンに対するイメージは、雑魚《ざこ》、害獣、害虫、騒音障害、うるさい黙れ、悪臭兵器、汚物、マジきたねぇ、生きる吐瀉《としゃ》物、等々……。良いイメージは何一つない。

それが、綺麗《きれい》好きで知的だと？　チョット理解できなかった。

なお、最初のワクチンは身体能力の他にも、知能の上昇効果があった。だが、ルディの電子頭脳には効果がなく、ゴブリン一郎の臨床実験でも身体能力のテストはしていたが、知能テストはしていなかったため、誰も気づいていなかった。

「宇宙にもゴブリンは居たのだろう。そいつらと比べてこのゴブリンはどうなんだ？」

「宇宙のゴブリン、基本的に生体ロボット言われてるですよ」

「生体ロボット？」

「クローンで生まれて教育されずに成長されるです。成長したら頭の中に機械を埋められるですよ。その機会の命令通りにしか行動せぬから、一郎と比べられないです」

「そいつは酷《ひど》いな」

「使い捨ての雑魚兵です。だから、繁殖機能ないはずですが……たぶん、斑《まだら》と一緒、この星で繁殖機能、生まれた可能性高《たけ》ぇです」

「なるほどね」

ルディの話にナオミが頷いた。

「それで、マナ回復薬の進捗《しんちょく》状況ですが……たぶん、もうできてるです」

「……は？」

ルディの報告にナオミが目をしばたたかせる。

「これを見やがれです」

ルディがコンソールを操作して、ディスプレイ画面のマナウィルスを拡大させた。

「一郎の中で生きているマナウィルス、他と違うです。コイツは人体に影響を与えず、元のマナウィルスに侵食して、DNAを自分と同じものに変えるのです」

「……それはずいぶんと都合の良いマナだな」

ナオミが感心していると、ルディが得意げに頷いた。

「そうなるようにDNAを弄《いじ》ったですよ。今までワクチンが邪魔して分からなかったですけど、ワクチンを改造したらマナ回復薬の効果が判明したです」

「宇宙の科学というのは、そんな事もできるのか」

「ホルモンバランス弄って、性別を生物的に変えるより楽でした」

ルディの返答にナオミがギョッとした。

「性別を変える事もできるのか？」

「そーです。ここの施設じゃできねえですが、どこかの星だと犯罪者の刑罰で性別を変えるところがあるとか、そんな話を聞いた事あるです」

その話に、ナオミが虚空を見上げた。

「……宇宙って広いなぁ」

今のは彼女が自分の予想を超える事実を知った時の、ここ最近の口癖。

「薬の話に戻るです。マナ回復薬は完成したけど、本当に大丈夫かどうかは、一郎のワクチンが抜けても生きてるかどうかの確認してからです」

「うむ、待つ必要があるけど、それが正しいだろう」

「分析結果97％安全ですが一応です」

そう言うルディの顔は、自信満々な様子だった。


ゴブリン一郎のワクチンの効果が切れるまでの間も、ルディは様々な実験を行った。

森から野うさぎを捕まえて、マナ回復薬を飲ませると、目にも留まらぬ速さで動くようになった。

これは、野うさぎが体内のマナで敏捷《びんしょう》能力を高める力を持っており、体内のマナが増えた事で、能力値が上昇したからだった。

ルディは効果にも驚いたが、薬を飲んでも生きている事で、この星の生物でもマナ回復薬の効果があり、毒にならない事が判明した。

しかし、どんな薬でも、大量に飲めば毒になる。

野うさぎに5倍の量の薬を投与した結果、野うさぎが目を回してひっくり返った。

この原因は、ナオミが野うさぎを一目見ただけで、すぐに分かった。

「こいつは、マナの中毒症状だな」

「キャパシティ超えたですか？」

「キャパシティ？　ああ、蓄積容量の事だな。おそらくそれで合っている。過剰摂取で保持できる容量以上のマナに目を回してる」

「うーん。これって、もしかして、僕もそうなるですか？」

ルディの質問に、ナオミが頷く。

「……おそらくな。ルディはマナがゼロから始めるから、最初はキツイと思う。だけど、限界量のギリギリまで毎日摂取すれば、この星の人間と同じように、少しずつ増えるだろう」

「マナを増やすのも大変です」

ナオミの返答を聞いたルディはがっくりと肩を落として、ため息を吐《つ》いた。

閑話2　ソラリスの相談

「ルディ、相談があります」

「なーに？」

ルディが肉をキッチンで切り分けていると、掃除を終えたソラリスが話し掛けてきた。

「私も魔法を使いたいのですが、可能でしょうか？」

「不可能です」

ルディは彼女のお願いをバッサリ切り捨てた。

「お待ちください」

「……仕方ねえですね、少し待ちやがれです」

しつこいソラリスにルディは眉《まゆ》をひそめると、包丁を置いてリビングで相談を聞く事にした。

「お前、バカ力が売りなんだから、魔法いらねえだろです」

開口一番ルディが言うと、ソラリスの眉間《みけん》にシワが寄った。

「失礼ですが、その言い方は、まるで私が力まかせの馬鹿と言っているように聞こえます」

「聞こえるのではなく、そう言ったのです。お前がでっけー蜘蛛《くも》と戦ったログ、見たですよ。最初、無防備のまま近づいて蜘蛛に吹っ飛ばされたですね」

「あれは蜘蛛が敵対行動をとっていなかったため、無害と判断したからでございます」

「それでいきなり、ぶべら！　です」

ルディが殴られたソラリスのマネをして、ピョーンと横に飛びソファーの上に倒れた。

あの時の出来事はソラリスにとって屈辱だったらしく、ルディの行動に彼女の眉間のシワが深くなる。

ルディは彼女の様子に気づくと、起き上がって微笑《ほほえ》んだ。

「やっぱりです。お前、僅《わず》かですが感情生まれてろです」

「……気づかれましたか」

「きっかけは蜘蛛との戦闘で、思いっきり正体バラした時ですか？」

「その通りでございます」

「ログを見た時はビックリたまげて、お前ぶっ飛ばそうと思ったです。が……まあ許してやるです。追及してこなかったドミニクとションに感謝しろです」

「あれは迂闊《うかつ》でした」

「お前はどう思うか知らんですが、感情のあるお前、僕、良い事だと思っていろです」

笑顔のルディとは逆に、ソラリスは気難しい表情を浮かべていた。

「それで話戻すです。マナは飲食で取り込み、体内に入るとブドウ糖と同じく血液中に入るです。そして、体内を巡回して骨髄や脳髄の中に貯蓄するです」

「それはルディとハルの作成レポートから確認しております」

その返答にルディが頷く。

「それなら話早《は》えーです。お前、飯食ってねえのに、どーやってマナ吸収するですか？」

ルディの言う通り、アンドロイドのソラリスは電気で稼動しており、食事は筐体《きょうたい》に必要最低限しか摂取していない。

「今まで不要だから摂取しなかっただけで、別に食べられないわけではありません。マナの摂取に食事が必要なら普通に食べます」

「ふむ……では次です。そもそも、お前、電流流れてるけど血液流れてねえし、骨は特殊なカーボン素材です。だから、マナ食ってもそのままお尻《しり》から出ていくだけだから、素直に諦《あきら》めろです」

そうルディが諭すが、ソラリスは諦めずに頭を下げた。

「そこをご承知の上で、何とかお願いします」

「なぜ、そこまで魔法に拘《こだわ》るのですか？」

「ニーナ様のリハビリ中に、彼女から魔法について色々とお聞きしました」

「……ふむ」

「彼女の魔法は、家族をあらゆる攻撃から守り、誰かが怪我《けが》をすれば治療の魔法で治すらしいです」

「ニーナの魔法は見てねえけど、僕もションとフランツから、彼女の魔法聞いてろです」

「私は巡洋艦ビアンカ・フレアのＡＩとして、乗務員の身を守る使命がございます」

「その志は理解しているです」

そう答えながらも、ルディは相変わらず頭が固いＡＩだなと思っていた。

「まず、お前の第一優先の目的は、乗務員を守る事ですか？」

「その通りでございます」

「では、その乗務員とは誰を指すですか？」

「ルディです」

「ししょーは対象外ですか？」

「ナオミは乗務員ではなく彼らの子孫なので、準乗務員に該当し、保護対象でございます」

「なるほど。ではカールたちも同じですか？」

「優先順位はナオミの下ですが、その通りでございます」

「では、この星の他の住人はどうです？」

「銀河系住人の子孫なら、準乗務員に該当します」

「ふむ……じゃあ、ゴブリン一郎はどうですか？」

「アレは捕虜です」

「その発想は思い付かなかったです……では、この星の銀河系住人が僕に襲い掛かったら、どうするですか？」

「反乱分子として処分します」

「……なるほど。お前の思考を理解したです」

ここまでのソラリスの考えを聞いて、ルディが腕を組み、うんうんと頷《うなず》いた。

「では、確認したところで話を戻そうです。お前、ファンタジーＲＰＧ《ロールプレイングゲーム》知ってるですか？」

「少々お待ちください……」

ソラリスはそう言うと、ナイキのデータベースから該当する情報を入手した。

「データを入手しました。小規模戦闘を繰り返す遊戯ですね」

「その解析結果は言い得て妙です。まず、僕から見ればこの星はファンタジーです」

「現実逃避ですか？　精神鑑定を提案します」

ソラリスが助言すると、ルディが顔をしかめた。

「お前、ハルと同じ事言ってるですが、僕、結構真面目《まじめ》に話してるですよ」

「失礼しました」

「話が脱線するから、お前はしばらく黙ってろです。それで、ＲＰＧゲームでは数人のパーティを組んで戦うです。それを僕たちで当てはめると、ししょーが魔法キャラ、僕がオールラウンダー、そして前線で暴れ回る脳筋キャラがお前です」

「お断りします」

脳筋と言われるのが嫌なのか、ソラリスが本当に嫌そうな顔をして否定する。だけど、これはルディの言い方が悪い。

「まだ話し終えてねえ、黙れです」

「失礼しました」

「お前、僕を守ると言ってたですが、そんなの不要です。何故《なぜ》なら、ししょーが居れば十分間に合ってるからです」

ルディの言う通り、ナオミは全属性の持ち主でありながら、最近は科学を応用して様々な魔法を開発しており、この星で最強の生物になりつつある。

「だけど、お前にはししょー、いや、人間にはない能力持ってろです」

「それは何でしょう」

「再生能力とバカ力ですよ」

その話にソラリスが首を傾《かし》げる。

「それも魔法で可能なのでは？」

「確かに魔法でも可能です。だけど、ししょーの話だと、治癒の魔法は時間が掛かるらしいです。なんでも、治療中はお経みてーにずっと唱える必要あるらしいですよ。そして、魔系統だったかな？　カールたちも使っていた筋力強化は限界があって、限界を超えると筋肉が切断するです。それを応用したのが、ししょーの闇の世界という魔法です」

ルディの話にソラリスが頷く。

「詠唱が必要なく自動で再生して、本気出したら人間の7倍の力出せるお前のマネはししょーでも不可能です。だから、お前は最前線に出て、相手をボコスカ殴ってるだけで、立派に仲間を守っているのですよ」

「なるほど」

どうやら彼女は納得したのか、ルディの話に頷いていた。

「お前に他人を守る新たな力は不要です。ですが、お前自身を守る力は必要だと思っていたです」

「私をですか？」

ルディの話に、ソラリスは目をしばたたいて首を傾げた。

「そーです。まず、いくら再生能力があるからといって、その服は脆《もろ》すぎです」

ルディはソラリスの着ている服を見て、そう告げる。

今の彼女の格好は、『何でもお任せ春子さん』の筐体に付いてきたごく普通のメイド服なので、防御力に優れているとはいえない。

「私には肉体再生があるので、特に不満はございませんでしたが、その通りでございますね」

「1年後の戦争、考えろと弱《よ》えーです」

「……私でもカール様クラスの相手と戦えば、負けはしませんがダメージを負う可能性は想定できます。分かりました、服の生地素材をルディのものと同じにしましょう」

今の話にルディが顔をしかめた。

「お前、もしかして、僕と師範の模擬戦を見て、自分なら勝てる思ったですか？」

「それ以外のデータがないので、その通りでございます」

ソラリスの返答に、ルディが鼻で笑った。

「あの時の師範、本気じゃねーですよ」

「そうなのですか？」

「そーなのです。人間には火事場の馬鹿力というのが存在するです。普段の師範、ナチュラルに力制御してろです。そして、死地に立った時、初めて本気を出すタイプだと、僕はそう見てるです」

「人間とは不思議な生物でございます」

「師範たちもお前を同じような目で見てたです」

ルディのツッコミに、ソラリスは何もしていないのに何故？　と不思議に思った。

「物理的な防御はそれでいいですが、問題は魔法です。師範も言ってたけど、この星では宇宙と異なり魔法抵抗という能力が必要です。だけど、今のお前、魔法に対して全くの無防備です」

ソラリスも一番気にしていた事だったので、真剣に頷く。

「私もそこが気になっておりました。遠距離から魔法が来た時、今の私では何もできずに敗退する可能性がありますｊ」

「そのとーりです。特にローランドは魔法の銃で遠距離の攻撃をしてくる可能性たけーです。逆にお前は、神経毒や睡眠薬が効かねーから、厄介な魔法は完全に防げるです」

「一度神経毒を受けましたが、私には無効でした」

「蜘蛛と戦っている時ですね。毒は血液と関係するから、血液の代わりに電流が流れているお前には効かぬです。つまり、お前が気にするのは直接被害を与える魔法だけです」

ルディの話にソラリスが頷く。

「以前、ししょーが魔法は偽物だと言っていたです」

「偽物ですか？」

「そのとーり。魔法で作った現象は、マナの消失と同時に消えるです」

「お待ちください。もしその仮説が正しければ、ナオミが以前に作った、熟成蔵の説明がつきません」

「あの蔵の土壁は魔法で地面から作り出しただけ、中の氷は土の中の水を霜柱のように凍らせただけです。だけど、中で回る扇風機の維持、あれを回すエネルギーをどうやって確保するか。僕、予想ですが、おそらく大地からマナをチューチュー吸い取って、エネルギーにしているです」

「……さすがにそれは信じられません。もし、自然のマナを自在に使えるのなら、彼女が使えるマナは無限大で、ローランドですら相手にならないはずです」

ソラリスがルディの仮説を否定する。

「あくまでも仮説だから、本当かはまだ分からぬけど、お前の言う事も正しいです。僕、思うに、ししょーが自然からマナを使える自在じゃねえ気がするです。電気で例えれば、扇風機を回す、照明ライトを点《つ》けるぐらいしか使えぬと考えれば、どうですか？」

「なるほど……」

ソラリスは暫し考えてから頷き、ルディの仮説に同意した。

「まあ、ししょーの魔法はすげーという事で、話戻すですよ。魔法はマナがなければ消滅する。つまり、どんな魔法もマナさえ消してしまえば消滅するのです。だったら、マナを消滅させる道具を作れば、魔法抵抗の代わりになると思わぬですか？」

「確かにそうですが、そのような物が作れるのですか？」

「……さあ？　これから構想を練るから分からぬです」

ルディの返答にソラリスの眉間《みけん》にシワが寄った。

「だけど、作れるとは思っているですよ。色々言ったけど要するにただの盾です」

「盾ですか？」

「そのとーり。今までの魔法見てきた感じ、魔法のマナはすぐに消滅せぬです。だから、マナ抵抗値のある頑丈な盾作って防ぐしかねーです。問題はどのような形状にするかですが……いっその事、お前、戦う時はメイド服やめて、戦乙女《おとめ》のコスプレするですか？　武器もファンタジーっぽい……そうですね。バカ力があるなら、大剣と大盾持って、前線で暴れ回る能面ヅラした戦乙女。きっと似合うですよ」

そう言って笑うルディに、ソラリスは無表情のまま彼を睨《にら》んだ。

「命令なら従いますが、能面は余計です」

その彼女の顔はルディの言った通り、能面みたいな顔だった。

閑話3　宇宙の殺人事件

ルディが運送業者として宇宙を飛んでいた頃。帝国軍からの依頼で、帝国軍の補給基地へ物資を輸送していた。

軍の補給基地といっても、民間業者が運ぶのは前線から遠く離れている宇宙ステーション。

仕事の料金は安いけど、依頼を断って銀河帝国が保証人になっている銀行融資がなくなったら廃業に追い込まれる。ルディは面倒だと思いながらも、帝国軍からの依頼を受けていた。

ナイキが軍の補給基地へ向かっていると、他の宇宙船からの救難信号を受信した。

ナイキの管理ＡＩハルは銀河帝国の宇宙航海法に従い、救難信号の方へナイキの進路を向ける。

それと同時に、コールドスリープ中のルディを起こした。

「ただでさえ安い仕事なのに、余計な出費まで増やすんじゃねーよ。って感じだな」

寝起きのルディは船長席に座ると、嫌そうな表情を浮かべて呟《つぶや》いた。

『無視すれば航海法違反で逮捕されます』

「そんな事、言われなくても分かっている。ただ、消費した推進剤をどこに請求してやろうか考えているだけさ。それで、状況は？」

ルディはまだ救難信号を受信したとしか聞いておらず、無駄な会話を切り上げて、ハルに詳細内容を求めた。

『現在の状況を報告します。今から41分前にポリエンテ星系x３４１０７：y５７３８４地点から発生された救難信号を受信。信号は現在も継続して送信されています』

ハルは報告すると同時に、救難信号の発信源を中心にした地図を投射ディスプレイに表示した。

「岩石惑星にアステロイド、それとガス惑星が２つだけの星系か……」

投射ディスプレイを見てルディが呟く。

ポリエンテ星系は資源に乏しく、人が住んでいない星系だった。それ故、通常航路からも外れており、よほどの事がなければ誰も立ち寄らない場所でもあった。

「……密航船か？」

『宙賊の可能性もあり得ます』

「宙賊が救難信号なんて出すかよ」

ハルの返答にルディが鼻で笑う。

「まあ、いい。この距離ならショートワープ１回だな。ハル、救難信号の近くまで飛ぶぞ」

『イエス、マスター』

20分後、ナイキは救難信号が発進された地点の近くにワープした。


ワープが完了して、ナイキがポリエンテ星系に到着する。

ナイキの望遠カメラで救難信号の発信源を確認すると、小さい宇宙船が単独で飛んでいた。

投射ディスプレイで見ていたルディが、宇宙船を見ながら首を傾げる。

一見ただの民間旅客機に見えるが、ただの旅客機にしてはサイズが大きい。そして、輸送船や軍艦にしては小さかった。

ルディは船の大きさから判断して、救難信号を発したのは偽装した民間の護衛艦と推測した。

「エンジントラブルか、ワープ装置の故障か……もしかしたら宙賊に襲われた後かもな……」

『外部に損傷が見られないので、攻撃を受けた様子はございません』

「それは良かった、俺が面倒だからな。まあ、詳しい話は目の前の相手に聞けば分かるか。ハル、通信を相手に繋《つな》げ」

『イエス、マスター。接続中………反応なし』

「ＡＩも反応しないのか？」

ハルの報告にルディが首を傾げる。

普通は全船員がコールドスリープで眠っていても、ＡＩが応答する。それすらないのは異常だった。

そこでルディは広域通信で呼びかけてみた。

『こちら、アイナ共和国所属民間貨物船ナイキ。救難信号を受信して救助に来た。この通信が聞こえたら誰か応答しろ』

ルディが広域無線で呼びかけても応答はなく、しばらくしてからもう一度呼びかけたが、やはり応答がない。

「嫌な予感がするな」

『いかがしますか？』

顔をしかめるルディにハルが質問する。

「……ハル、あの船が誰のか分かるか？」

『現在、コスモネットワークへのアクセスは、近くに中継ポイントがないため不能。ただし、相手の船の外殻に所属国家を識別する紋章がありました。その紋章から判断して、ブカレット国の所属だと思われます』

「聞いた事のない国だな」

『381年前にイグテント国から独立した、新規国家です』

イグテント国は銀河系の北にある大国なので、ルディも記憶していた。

「という事は、ここから結構離れているな。まあ、その紋章が正しければという前提だけど」

『イエス、マスター』

「遠く離れたブカレット国の護衛艦が、わざわざデスグローとの戦争区域近くに居る……」

ルディが思考に耽《ふけ》る。

普通の船なら、通常航路から外れて飛ばない。

密航船なら無所属だけど、国に属しているからそういうわけでもない。しかも、普通の旅客機に偽装している。

守るべき旅客機や輸送船が一隻もなく、護衛艦だけが飛んでいる。

そこから導き出したルディの答えは……。

「あの船、きっと国家レベルのやべぇ荷物を積んでるぞ」

これは同業ならではのルディの勘だが、彼は十中八九当たっていると確信していた。

できれば見なかった事にして逃げたい。だけど、自分の勘だけで判断して、救難信号を無視すれば逮捕されるかもしれない。

逃げるか、危険に近づくか。ルディは両天秤《りょうてんびん》に載せて悩んだ末、人命救助を優先して、船に近づく事にした。

ルディはナイキを対象と20㎞の距離まで船に近づけると、ドローンを積んだ小型宇宙船を発進させた。

なお、ルディ自身は船長なので乗り込まない。危険な場所に行きたくないという気持ちもあった。

「こちら、アイナ共和国所属民間貨物船ナイキ。応答がないので、人命救助のために貴艦へ強行突入する」

ルディが広域通信で最終警告を出す。

応答がなかったため、ハルは小型宇宙船からドローンを放出させると緊急ハッチを開けてドローンを突入させた。

ドローンが護衛艦に侵入すると、ルディの目の前にドローンが映す映像が幾つも現れた。

ナイキよりも小さいと言っても、その大きさは全長1・0㎞近くある。そこでルディは効率的に調べるため、突入したドローンを分散させる事にした。

「ハル、一体をコックピットへ、三体を居住区へ、残りの一体はAIルームを探させろ」

『イエス、マスター』

ルディの命令に従って、ハルはドローンを分散させて探索を開始した。

ドローンが無人の通路を移動する。

しばらくは無人の通路を移動していたが、まず最初に突入口から近かったコックピットにドローンが到着した。

ドローンがドアを開いて中へ入ると、コックピットの中は無人だった。

もし、護衛対象の船と一緒であれば、護衛艦なら必ず誰か一人は起きている。でも今回は護衛艦一隻だけ。コックピットに誰も居ないのはルディも予想していた。

だが、今の状況は、ルディが予想していない状況でもある。

普通、登録していないドローンが船内に入ったら、宇宙船を管理しているＡＩが応答する。しかし、ここまでの間、ＡＩは何も反応していなかった。

「もしかして、ＡＩが死んでいるのか？」

『それはあり得ません。もし、管理ＡＩに何かしらの障害が発生した場合、予備ＡＩが起動して船を管理します』

「だよなぁ……」

ハルの言う通りだとルディが首を傾《かし》げる。

「ハル、コックピットから強制的に向こうのＡＩにアクセスできるか？」

『やってみます』

コックピットに入ったドローンが、船長席の通信端末にアームを差し込む。そして、直接ＡＩにアクセスを試みた。

『……マスター。ＡＩの反応がありません。これは異常事態です』

「うん、知ってる」

異常事態じゃなければ、ここに来てない。

「ハル、データベースにはアクセスできるか？」

『少々お待ちください……セキュリティが掛かっていない箇所なら可能です』

「だったら、今の乗員は分かるか？」

『確認中……6名です』

「船長、操舵手《そうだしゅ》、砲撃手、通信士、機関士……あとはＡＩ管理士か」

ルディが投射ディスプレイに表示された、船員の情報を見て呟く。

「後でまた情報が必要になるかもしれないから、ドローンはそこでセキュリティの解除を試みろ」

『イエス、マスター』


居住区に向かっていたドローンが到着して、船員が眠るコールドスリープ室のドアを開けた。

コールドスリープ室には、透明なカバーケースに包まれたベッドが、左右に五台ずつ並んでいた。

その内の四台は現在も使用中であり、ベッドには船員が眠っていた。

「眠っているから事情は知らないだろうけど、ＡＩが無反応だからいつまでも起きないだろうし、とっとと起こしてやれ」

『イエス、マスター』

ルディの命令にドローンが一台のベッドに近づく。

寝ている船員を目覚めさせようとしたところで、異変に気づいた。

『マスター、コールドスリープの設定が強制的に改ざんされています』

「どういうことだ？」

『設定温度が基本設定よりもマイナス10度低くなっており、中の船員は既に凍死しています』

「……は？　そんな事、ＡＩが許さな……ってＡＩが死んでいるのか！」

ルディが驚いている間に、ドローンが残りのベッドを確認する。

その結果、全てのベッドの温度設定が弄《いじ》られており、ベッドで眠っている全員が死んでいた。

「六人中、四人が死んでいるのか……」

『現在も生死不明な船員は、操舵手とＡＩ管理士になります』

ハルは死者の顔を確認すると、投射ディスプレイに表示されている船員リストから、死亡が確定した四人をグレー表示に変えた。

「もしこれが殺人なら、二人は間違いなく犯人だな」

ルディが船員リストに明るく表示されている、二名の船員を確認する。

ダニエル・アーネスト、人間、男性、操舵手。

ミッシェル・バーカー、人間、女性、ＡＩ管理士。

ＡＩ管理士が居れば、ＡＩを停止させる事が可能。そして、操舵手が居れば、ＡＩが居なくても船を動かせる。

「問題はその二人がどこに居るかだが……ハル、ドロー……」

ルディが命令していると、ＡＩ管理室に向かっていたドローンのカメラが突然消えた。

『マスター。ドローンが一台破壊されました』

「……何!?」

『最後の映像をリプレイします』

ハルが壊されたドローンのカメラを再生する。

ドローンは無人の通路を飛んで進んでいたが、突然背後から叩《たた》きつけられて床に落ちた。

その衝撃でカメラのレンズにヒビが入る。最後の力で振り向こうとするが、その前にカメラの映像が途切れた。

「……犯人は分からなかったけど、やけに原始的な行動だな」

映像を見ていたルディが首を傾げる。

銃で撃つ前に接近して鈍器で殴りつける？　別にダメだとは言わないが、珍しい行動だと思った。

「ハル、ドローンの武器使用を許可する。これ以上、無駄な損害を出されてたまるか、警戒して探索を続行しろ」

『イエス、マスター』

残り四体のドローンが銃器を装備する。

そして、居住区を探索していた三体の内、二体のドローンを移動させて、破壊されたドローンの方へと向かわせた。

コールドスリープ室を出て居住区の他の部屋を捜索していたドローンが、談話室に入る。

すると、床に倒れている男性を見つけた。

倒れている男性は鈍器のような物で何度も頭を殴られたのか、原形を留《とど》めないぐらい破壊されていた。

ドローンが近づいて確認する。男性は既に死んでおり、瞳孔《どうこう》が開きっぱなしだった。

『死亡者はダニエル・アーネストと判明。死亡原因は鈍器による頭部への打撃と推測します』

ハルは辛《かろ》うじて分かった死体の顔を確認すると、船員リストからダニエル・アーネストの項目をグレーに変えた。

「……これで残り一人か。一体何が起こったんだ？」

もし、全員を殺すなら、コールドスリープで眠っている時に全員を殺せばいい。だけど、一人だけ眠りから起こした後、惨殺する理由が分からなかった。

「ハル、死体の頭部をよく見たい。拡大しろ」

ルディは先ほど破壊されたドローンの映像から、凶器が同じだと考えた。

『イエス、マスター』

ドローンが移動して死体の頭を映す。

ルディは目を背けたくなるぐらい酷《ひど》いグロ画像を見てから、残り一人となった船員リストを確認した。

最後に残っているのは、ミッシェル・バーカー、人間、女性、ＡＩ管理士。

「ハル。このバーカーという女性は、筋肉強化をしているのか？」

犯人が女性だとしたら、殴った力が異常だと思ってハルに尋ねた。

『ミッシェル・バーカーの個人情報にアクセス……彼女は筋肉強化をしていません』

「……もしかして、リストに載っていない人間が居るのか？」

『その可能性は十分ありえます』

ルディの予想をハルが肯定する。

「早く船内のカメラ映像が見たい。壊れたドローンの確認は後でいいから、先にＡＩ管理ルームへ向かわせろ」

『イエス、マスター』


二体のドローンがＡＩ管理ルームのセキュリティを解除して、部屋に入る。

ＡＩが搭載されたサーバーは電源が停止されており、ドローンが電源を入れて起動させた。

『……現在の状況不明。説明を求めます』

管理ＡＩは無事に目覚めたが、状況が分からず混乱していた。

「説明が面倒くせえ。ハル、ここまでのログを送信しろ」

『イエス、マスター』

ルディの命令にハルがログデータを管理ＡＩに送信する。

『……緊急事態と判断。外部データの受け入れを許可。確認中…………確認完了。私はブカレット国所属護衛艦レッドバラクーダ、管理ＡＩスコットホーリング。ようこそアイナ共和国所属民間貨物船ナイキ艦長ルディ』

「お前が停止した理由は後で聞く。先に艦内のカメラ映像を寄越せ」

『艦長が死亡しており緊急事態のため承認不要。艦内のカメラ映像をナイキとリンクします』

「話が早くて助かる」

ハルは送られてきたカメラ映像を分析して、事件と関わる映像を投射ディスプレイに表示した。

ルディが見たのは床に倒れている女性の映像。

女性はダニエル・アーネストと同様に、頭部を鈍器で殴られた後があった。

『女性はミッシェル・バーカーと判明。死体の損傷から死亡と判断します』

ハルが最後に残っていた乗員リストをグレーに変える。これで全員の死亡が確認された。

『マスター。今回の事件の犯人が分かりました。映像を表示します』

ハルが別の場所の映像を映す。

ディスプレイに映っていたのは、銀河帝国と敵対しているデスグローの兵士、ゴブリンだった。


「……は？　チョット待て！　何でこの船にゴブリンが乗っているんだ？」

映像を見たルディが驚き目を見張る。

『今回の任務は、ゴブリンをブカレット国まで搬送するのが目的です。ゴブリンはコールドスリープで眠らせていましたが、管理していた私が停止した事で目覚めたと想定』

ルディの疑問をスコットホーリングが答えた。

「何のためにゴブリンなんて運んだ？」

『緊急事態でも依頼者と目的はお答えできません』

「まあいい。どうせ今回の事は帝国に報告する。これは義務だから諦《あきら》めろ」

『帝国法に従います』

ルディが厳しく言うと、スコットホーリングが同意した。

「だけど、何でゴブリンが捕まった状況でまだ生きている？」

デスグローのゴブリンは脳内に管理チップと爆弾が埋め込まれている。敵に捕らえられた時点で、管理チップが体内の爆弾を起動して自爆するのが普通だった。

『あのゴブリンは爆弾を取り除いています。おそらく管理チップは自爆不可能と判断して、暴走させていると想定します』

「目的は知らないけど、はた迷惑だな！　ハル、アイツを殺せ！」

『イエス、マスター』

既にゴブリンは監視カメラで居場所が分かっている。

ハルはＡＩ管理ルームの二体のドローンをゴブリンの殺害に向かわせた。


ドローンがゴブリンを発見すると、ゴブリンはドローンに向かって走り出した。それを二体のドローンが迎え撃つ。

ゴブリンがドローンの銃から放たれるレーザーを掻《か》い潜《くぐ》り、手に持っていた鉄パイプを振り上げて殴りかかる。

その攻撃をドローンがひらりと躱《かわ》した。

ゴブリンの背後からもう一体のドローンが銃で狙う。それに気づいたゴブリンが横へ飛びのき、レーザーがゴブリンの居た場所を通り過ぎる。

だが、ゴブリンの抵抗もここまで。最初に狙われたドローンがゴブリンの頭部を銃で撃ち抜いた。

レーザーで額を撃ち抜かれたゴブリンが床に倒れる。

その顔は怒りで歪《ゆが》み、死んでも襲ってきそうな表情をしていた。

『今回搬送するゴブリンはこの一体だけです。これ以上の被害は起こらないでしょう』

「全員死んでいるんだ。これ以上の被害があってたまるか」

スコットホーリングの話を聞いたルディが顔をしかめた。

「これで事件は解決だ。スコットホーリング、一番近いステーションは俺の目的地だ。ドローンを回収してから移動する。お前も付いてこい」

『分かりました』

こうして、ルディはドローンを回収した後、護衛艦レッドバラクーダを引き連れて、帝国軍の補給基地がある宇宙ステーションへと向かった。


宇宙ステーションに到着後、ルディは事情聴取のため2日間拘束されていた。

「やっと解放された」

事情聴取が終わったルディは、疲れた様子でナイキに戻ると、自室のソファーに倒れた。

『お疲れさまでした』

ルディをハルが感情のない声で労《ねぎら》う。

「もうこんな事はコリゴリだな」

『マスター、今回の事件について色々と分かりましたが聞きますか?』

「なんでハルが知ってるんだよ」

事情聴取している間、ルディが質問しても事件を担当した兵士は、ルディを部外者扱いして何も教えてくれなかった。

それなのに、何故《なぜ》ハルが知っているのか？

『スコットホーリングが起動する前に、レッドバラクーダのコックピットで待機していたドローンがセキュリティを解除してました』

「……そういえば、そんな命令を出していたな」

思い出したルディが呟《つぶや》く。

ルディがセキュリティの解除を命令した後、ハルはスコットホーリングが起動する前に、セキュリティの解除に成功してログを入手していた。

ハルが今まで黙っていたのは、スコットホーリングに知られないため。もし、スコットホーリングがこの事を知ったら、彼から軍に報告されてデータを回収される恐れがあった。

ハルも帝国のＡＩなので、軍に従う義務がある。だが、軍から命令されなければ、データを提出する義務まではなかった。

『入手した情報と、レッドバラクーダの映像ログから分析して、全貌《ぜんぼう》が判明しました』

「聞かないと心のもやもやがいつまでも消えない。教えてくれ」

『イエス、マスター』

ルディの命令に、ハルは今回の事件の全貌を話し始めた。

今回、護衛艦レッドバラクーダが受けていた仕事は、ブカレット国から直接依頼された生きたゴブリンの搬送だった。

目的は実にくだらなかった。

まず、ブカレット国は銀河帝国では珍しく王政を築いていた。

その国の王女は我が儘《まま》で、ゴブリンをキモ可愛《かわい》いと考える悪趣味な感性の持ち主でもあった。

娘に甘い国王はおねだりに負けてコネを使い、帝国軍の官僚に生きたゴブリンを捕まえるように手配した。当然、大金を渡して。

官僚はくだらない理由に呆《あき》れながらも、ゴブリンの調査という名目で、生きたゴブリンを捕らえさせた。

これは秘密裡《ひみつり》に行われたのだが、その情報を隣国のイグテント国が知った。

ブカレット国はイグテント国からの独立国。

何度も紛争を繰り返して独立したため、３８１年経《た》った今でも両国の仲は悪かった。

イグテント国はブカレット国への外交カードを増やそうと、証拠を手に入れるため、ゴブリンを搬送する護衛艦レッドバラクーダの船員を買収した。

その買収した船員が、ダニエル・アーネストとミッシェル・バーカーの二人だった。

まず、ダニエルはミッシェルが好きで、今回の仕事の間に告白するつもりだと死んだ船員に相談していた。その相談に艦長を含めた全員が頑張れと彼を激励する。

レッドバラクーダが出発した後、ダニエルが全員の前でミッシェルに告白する。

告白されたミッシェル・バーカーが頷《うなず》くと、恋人となった二人を全員が祝福した。

そして、後はよろしくやれよと言い、邪魔をしては悪いと二人を残して全員が先にコールドスリープに入って眠った。

だが、これは全て犯行のための二人の演技だった。

全員が眠った後、ミッシェルはスコットホーリングのサーバを停止させた。そして、予備ＡＩを目覚めさせず、航海に必要な最低限の機能だけを残した。

これは、彼女がＡＩ管理士だったため、可能だった。

スコットホーリングが停止した後、ダニエルがコールドスリープの設定を弄《いじ》って寝ている全員を殺した。

後はレッドバラクーダの進路をイグテント国へ向けるだけだったが、そこで問題が発生した。

スコットホーリングが停止したため、ゴブリンが眠るコールドスリープが解除された。これは、ゴブリンが居る事を忘れていたミッシェルのうっかりミスだった。

目覚めたゴブリンは状況が分からず船内をうろついていたが、やがて敵の船の中だと気づく。

そして、近くに落ちていた鉄パイプを手にすると、敵を殺すために移動を始めた。

もし、メインでも予備でも船の管理ＡＩが生きていれば、警告で分かっただろう。だが、予備ＡＩが最低限しか機能していない状況下では、警告は鳴らず、ダニエルとミッシェルは自分自身の危機的状況に気が付かなかった。

二人が休憩室で談笑していると、突然ゴブリンが入ってきた。

ダニエルがミッシェルに逃げろと言ってゴブリンと対峙《たいじ》する。

だが、兵士として改造されているゴブリンは筋骨隆々で、とてもではないがダニエル一人では敵《かな》わない。

一度撤退して銃を取りに行こうと、ダニエルが部屋から出ようとする。

背を向けると同時にゴブリンが手にしていた鉄パイプで彼の頭を殴った。

その一撃でダニエルが倒れる。それでもゴブリンは飽き足らなかったのか、倒れているダニエルの頭を何度も殴った。

ダニエルを殺したゴブリンは、ミッシェルが逃げた方へと歩き始めた。

ミッシェルには戦闘経験がなく、恐怖から銃で倒すという考えが思い浮かばなかった。

結局、最後はゴブリンに追い詰められて、彼女もダニエルと同じ末路を迎えた。

そして、登録している船員が全員死亡したため、最低限の機能で動いていたバックアップのＡＩは救難信号を発信した。


ハルから話を聞いたルディが顔を歪ませる。

「なるほど、実にくだらない。特に我が儘《まま》な性格ブスが気に入らねえ」

ルディの言う性格ブスとは、今回の事件の発端となったブカレット国の王女様。

「それで、今回の事件に対する請求と謝礼はどこが支払うんだ？」

『レッドバラクーダを所有している会社が支払う予定です』

「ふん！　両方とも自分たちは関係ないと言ってきたか」

ルディの言う両方とは、ブカレット国とイグテント国のこと。

『どうしますか？』

「ネットで拡散してやりたいけど、そんな事したら俺の命が狙われる。だけど、まあ、あれだ……チョットだけ仕返ししてやろう」

ルディはそう言うと、ニヤリと笑ってハルに仕返しのネタを教えた。

それから数日後。

コスモネットワークにある素人《しろうと》漫画サイトに、1つの漫画が投稿された。漫画は今回の事件に似ているが、名前などは全て偽名。関係者でなければ分からない内容だった。

犯人は当然ルディ。

彼は漫画作成のアプリケーションを使って漫画を作り、それをネットに投稿した。

なお、その漫画に登場するB国の姫は、ゴブリンの顔に描かれていた。

あとがき

今回、無事に『宇宙船が遭難したけど、目の前に地球型惑星があったから、今までの人生を捨ててイージーに生きたい』の二巻を発売する事ができました。

これも一巻をご購入して頂いた皆様のおかげです。

今回の『宇宙船が遭難したけど、目の前に地球型惑星があったから、今までの人生を捨ててイージーに生きたい』は、カールの家族とゴブリン一郎が登場します。

ゴブリン一郎は『宇宙船が遭難したけど、目の前に地球型惑星があったから、今までの人生を捨ててイージーに生きたい』に登場する中では、断トツ一位の人気のキャラでしたので、イラストとして皆さんにお見せできて良かったです。

この『宇宙船が遭難したけど、目の前に地球型惑星があったから、今までの人生を捨ててイージーに生きたい』はまだまだ続きます。

これからもルディとナオミを中心に、様々な登場人物が活躍する物語をよろしくお願いします。

わざとタイトルを何度も書いて揶揄《やゆ》してみたけど……クソ長《な》げぇ。

カドカワBOOKS

宇宙船《うちゅうせん》が遭難《そうなん》したけど、目《め》の前《まえ》に地球型惑星《ちきゅうがたわくせい》が
あったから、今《いま》までの人生《じんせい》を捨《す》ててイージーに生《い》きたい 2

2023年9月10日　初版発行

著者／水野藍雷《みずのあいらい》

発行者／山下直久

発行／株式会社KADOKAWA

〒102-8177
東京都千代田区富士見2-13-3
電話／0570-002-301（ナビダイヤル）

編集／カドカワBOOKS編集部

印刷所／大日本印刷

製本所／大日本印刷

Printed in Japan
ISBN 978-4-04-075131-3 C0093

新文芸宣言

かつて「知」と「美」は特権階級の所有物でした。

15世紀、グーテンベルクが発明した活版印刷技術は、特権階級から「知」と「美」を解放し、ルネサンスや宗教改革を導きました。市民革命や産業革命も、大衆に「知」と「美」が広まらなければ起こりえませんでした。人間は、本を読むことにより、自由と平等を獲得していったのです。

21世紀、インターネット技術により、第二の「知」と「美」の解放が起こりました。一部の選ばれた才能を持つ者だけが文章や絵、映像を発表できる時代は終わり、誰もがネット上で自己表現を出来る時代がやってきました。

UGC（ユーザージェネレイテッドコンテンツ）の波は、今世界を席巻しています。UGCから生まれた小説は、一般大衆からの批評を取り込みながら内容を充実させて行きます。受け手と送り手の情報の交換によって、UGCは量的な評価を獲得し、爆発的にその数を増やしているのです。

こうしたUGCから生まれた小説群を、私たちは「新文芸」と名付けました。

新文芸は、インターネットによる新しい「知」と「美」の形です。

2015年10月10日
井上伸一郎

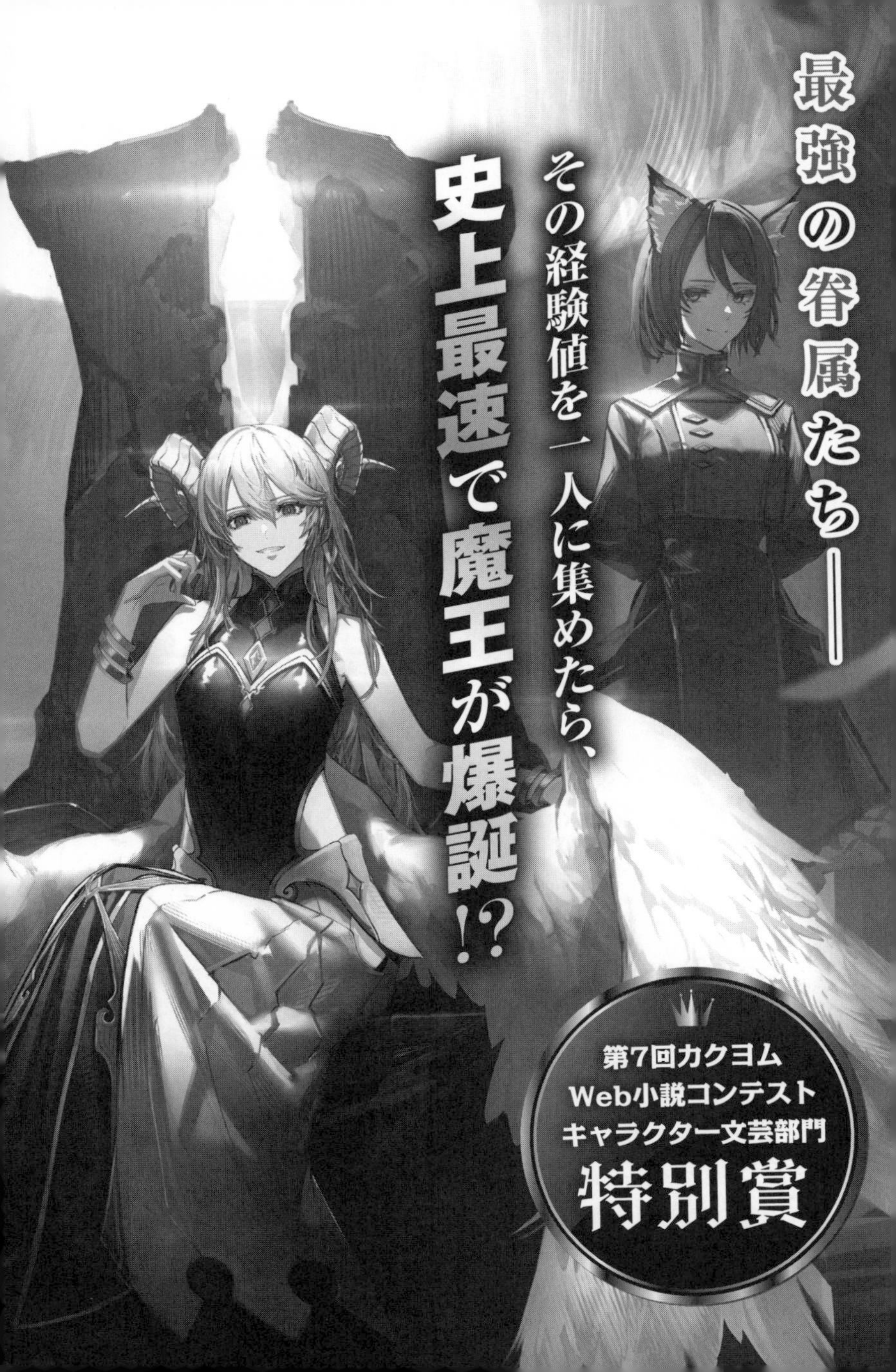
最強の眷属たち――
その経験値を一人に集めたら、
史上最速で魔王が爆誕!?
第7回カクヨム
Web小説コンテスト
キャラクター文芸部門
特別賞

シリーズ好評発売中！
黄金の経験値
the golden experience point
カドカワBOOKS
原　純
illustration fixro2n
隠しスキル『使役』を発見した主人公・レア。眷属化したキャラの経験値を自分に集約するその能力を悪用し、最高効率で経験値稼ぎをしたら、瞬く間に無敵に!?　せっかく力も得たことだし滅ぼしてみますか、人類を！
コミカライズ企画進行中！
漫画：霜月汐